中島要
Kaname Nakajima

誰に似たのか

筆墨問屋
白井屋の人々

朝日新聞出版

目次

誰に似たのか　筆墨問屋白井屋の人々

白井屋家系図

- 初代 太四郎
  - 二代目 吉兵衛
    - 三代目 太兵衛 ＝ お清
      - 四代目 太一郎 ＝ お真紀
        - 一之助
      - お秀 ＝ 文吉
        - お美代

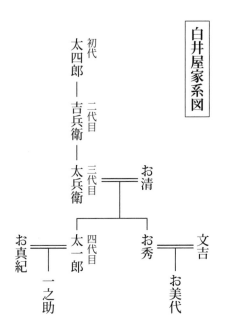

第一話　誰に似たのか

三代目長女　お秀

一

深川今川町《ふかがわいまがわちょう》にある平助店《へいすけだな》は、うんざりするほど蚊が多い。

特に盆が明けたばかりのこの時期は、始終うるさく飛び回る。

お秀《ひで》はここに越してきた当初、身体《からだ》中を蚊に食われてしまい、夜もおちおち寝られなかった。

この長屋《ながや》に住んでいるのは、並みより安い店賃さえ滞るような人たちだもの。穴あき障子《しょうじ》に破れ唐紙《からかみ》、壁もあちこち崩れていて、蚊帳《かや》すら持たない家もある。生き血を狙う向こうにすれば、願ってもない餌場《えさば》でしょうよ。

それでも、人は慣れるものだ。平助店に住んで七年、お秀も蚊に刺される前に叩《たた》き潰せるようになった。

ここで育った娘のお美代《みよ》は、親勝りの早業だ。蚊がとまったと察した刹那、力一杯引っ叩《ぱた》く。ついでに見ず知らずの男にとまった蚊まで進んで退治しようとして、母のお秀を慌てさせた。

男は口より手が早く、女は手よりも口が早い。

しかし、お美代は誰に似たのか、口と同じく手も早い。十一になったいまでは、女だてらに近所の子供らの親分株だ。今日も朝餉《あさげ》を食べ終えると、握り飯を懐《ふところ》に元気よく出ていった。

口うるさい兄さんのことだもの。男勝りのお美代を見たら、「おまえの育て方が悪いからだ」とケチをつけるに決まっている。急に押しかけてこられたのは迷惑だけど、あの子がいなくてよかったわ。

お秀は腹の中で呟《つぶや》いて、しきりと身動《みじろ》ぎする兄の太一郎《たいちろう》をうかがった。

破れ畳《だたみ》の上で居心地悪そうにしている兄は、日本橋通油町《にほんばしとおりあぶらちょう》に店を構える筆墨問屋《ひっぽくどいや》、白井屋《しらいや》の四代目主人である。今日も大店《おおだな》の主人らしく黒の絽羽織《ろばおり》を身にまとい、駕籠《かご》に乗って貧乏長屋にやってきた。

対するお秀は色の褪《あ》せた木綿の単衣《ひとえ》で、髷《まげ》もあちこち乱れている。顔だって兄は父親似の丸顔なのに、お秀は母親譲りのうりざね顔だ。通りすがりにこの場をのぞく人がいても、二人が実の兄妹とは思うまい。

「見ての通りの貧乏暮らしで、こんなものしかありませんけど」

文句を言われる前に断って、お秀がぬるい麦湯を差し出す。

兄は不満げに眉を上げた。

「そんなものより、蚊やりを焚《た》いてくれないか。この長屋に入ってすぐ、あちこち蚊に食われちまった。おまえはよくこんなところで平気な顔をしていられるね」

兄がそわそわと落ち着かないのは、やはり飛び交う蚊のせいか。お秀は団扇《うちわ》を手に取ると、形ばかり風を送って蚊を追い払うふりをした。

「すみません。あいにく、蚊やりを切らしていて」

「何だい、蚊やりも買えないくらい金に困っているのかい」

目を丸くして驚く相手に団扇をあおぐ手が止まる。この長屋と妹の姿を見れば、嫌でも察しがつくだろうに。

「ええ、ここで暮らし始めてから、米櫃《こめびつ》が一杯になったことなんてありゃしません。兄さんはいつもいいものを食べていて、血がおいしいから狙われるのね。ここらにいる蚊にとっちゃ、めったにない御馳走《ごちそう》ですよ」

笑みを浮かべて嫌みを言えば、とたんに兄が鼻白む。

「三十路《みそじ》になっても、おまえの減らず口は変わらないね。いまの貧乏暮らしは身から出た錆《さび》じゃないか」

「言われなくともわかっています。親の反対を押し切って、売れない浮世絵師だったあの人と一緒になったあたしだもの」

兄の言葉をさえぎるように、お秀がむきになって言い返した。

問屋は本来小売りをしないが、白井屋にはさまざまな種類の筆と墨《すみ》が揃《そろ》っており、僧侶や学者、戯作者《げさくしゃ》に絵師などがよく出入りする。

お秀は店に出なくとも、馴染《なじ》み客の顔は覚えるし、往来で行き会えば挨拶《あいさつ》もする。結果、売れない浮世絵師の文吉《ぶんきち》と恋仲になってしまったのは、我ながら考えなしだった。

とはいえ、酔った亭主が川に落ち、ついでに命も落とさなければ、ここまで貧乏はしなかったろう。歩みのおぼつかないお美代を抱いて後を追わずにすんだのは、母のお清《きよ》が父に隠れて助けてくれたおかげである。

兄さんなんて、あたしが困っているときは見て見ぬふりをしたくせに。おとっつぁんが死んだとたん、大きな顔をしちゃってさ。

そう思ったら腹が立ち、お秀はぶすりと問いかけた。

「それで、今日は一体何の用です。わざわざ蚊に食われるために、ここへ来たわけじゃないでしょう」

「まったく、おまえはかわいげってものがない。それが大川《おおかわ》を越えて訪ねてきた兄に向かって言う台詞《せりふ》かい」

「こっちは来てくれなんて頼んじゃいません。とっくの昔に白井屋とは縁を切られたあたしだもの。それが証拠に、おとっつぁんの新盆《にいぼん》にさえ呼ばれなかったじゃありませんか」

この春、二人の父である白井屋太兵衛《たへえ》が五十九で亡くなった。

四年前に兄に身代《しんだい》を譲り、長年連れ添った母と隠居暮らしを楽しんでから、倒れてひと月後に逝《い》った。父にとっても、周りにとっても、まずは上々の死にざまだろう。

お秀は縁を切ったと言っても、たったひとりの実の娘だ。母の計らいで父の臨終に立ち会い、通夜と葬式も顔を出すことが許された。

しかし、初七日から先の法事には一度も声がかかっていない。兄の差し金だろうと文句を言えば、相手は気まずげに咳払《せきばら》いする。

「おまえとの縁切りはおとっつぁんが決めたことだ。おとっつぁんが死んだからって、なかったことにはできないだろう」

「縁を切ったと言ったって、勘当帳《かんどうちょう》には記さない形ばかりのものじゃないの。親不孝をしたと思えばこそ、せめて位牌《いはい》に手を合わせたいのに」

口では殊勝《しゅしょう》なことを言いながら、お秀の本音は違っていた。

父は娘に甘かったが、浮世絵師との仲だけは決して許してくれなかった。その反対を振り切って、家を飛び出して十二年。久しぶりに跨《また》いだ実家の敷居《しきい》は、思った以上に高かった。

奉公人の白い目に加え、お秀の昔を知る弔問客《ちょうもんきゃく》は「どの面下げて」と陰口を叩く。着物も損料屋《そんりょうや》で借りた安物のため、ひどく肩身が狭かった。またあんな思いはしたくないから、呼ばれないのは願ったりだ。

だが、手土産も持たずに来た客にそこまで教える義理はない。お秀は顎《あご》を突き出した。

「さあ、とっとと用件を言ってちょうだい。奉公人がいる兄さんと違って、あたしは忙しいんです」

亭主に先立たれてしまってから、お秀は仕立物をして細々と暮らしを立てている。裁縫《ぬいもの》が好きなわけではないが、縫うのは人より早かった。そこで袷《あわせ》を綿入れに縫い直したり、古着を仕立て直したりして、客から手間賃をもらっている。

この辺りの貧しい女たちは新しい着物なんて着られない。まれに反物《たんもの》が手に入っても、仕立ての粗い自分には仕事が回ってこないだろう。

それはさておき、早く帰ってもらわないとお美代が帰ってきてしまう。苛立《いらだ》ちを隠さない妹に兄が仏頂面《ぶっちょうづら》で口を開く。

「ここに来たのは他でもない。おっかさんのことだ」

「おっかさんがどうしたんです。まさか、具合が悪いんですか」

母は月に一、二度この長屋を訪れる。そして、ひとしきり兄家族の愚痴《ぐち》をこぼすと、土産と金を置いていく。先月の末にも会ったけれど、至って元気だったはず。

五十五にしては足腰も達者で、駕籠を使わず歩いてくる。あと数年は死なないだろうと思っていたが、さてはどこか悪いのか。

いま母からの金がなくなれば、お美代を奉公に出さねばならない。うろたえるお秀の気も知らず、兄は忌々《いまいま》しげに舌打ちした。

「悪いのは具合じゃなくて、外聞《がいぶん》だよ。長年連れ添った亭主を亡くしたばかりなのに、年下の男に貢いでいるようだ」

「何ですって」

女遊びの激しかった父と違い、母は真面目一途な人だ。思いもよらない言葉に驚き、お秀の顎がダラリと下がる。

母が貢いでいる相手は、永代橋《えいたいばし》近くで屋台《やたい》の蕎麦屋《そばや》をしているらしい。四十絡みの男やもめで、お美代と同じくらいの娘がいるとか。

「恐らく、おまえのところへ来る途中で知り合ったに違いない。いい歳《とし》をして恥さらしもいいところだよ」

兄はひと月前、この話を商売敵《しょうばいがたき》のひとりから耳打ちされたという。

「『知らぬは身内ばかりなり』なんて、にやけ面で言われてさ。俺は顔から火が出るかと思ったよ。身なりのいい婆《ばあ》さんがひとりで屋台の蕎麦をすすっていたら、嫌でも人目に立つからね」

母は父が亡くなったいまも白井屋の離れに住んでいる。

通油町から永代橋まで屋台の蕎麦を食べに通えば、世間はとやかく言うだろう。下手をすれば、息子夫婦が老母を虐《しい》げているように思われる。

世間体を気にする兄は「屋台通いをやめてくれ」と母に懇願《こんがん》したけれど、けんもほろろに断られたとか。

「亭主も死んで身軽になったいま、何をしようと自分の勝手と開き直られてしまってね。そのしわ寄せがこっちに来ているのに、おっかさんときたら我が身のことしか考えちゃいない」

苛立ちもあらわに吐き捨てて、兄は麦湯をひと息に干す。

身代は四年前に継いでいても、白井屋の陰の主人は父だった。その大黒柱が消えたいま、兄は家内の醜聞を表沙汰にしたくないのだろう。

しかし、お秀は白井屋に縁を切られている。知ったことかとそっぽを向いた。

「屋台の蕎麦屋に通ったくらいで、邪推するほうがおかしいのよ。おっかさんは困っている人を放っておけない性分《しょうぶん》だもの。子連れの蕎麦屋に同情して、肩入れしているだけでしょう」

世間の口を鵜呑《うの》みにして、とやかく言うほうがどうかしている。お秀はじろりと兄を睨《にら》んだ。

「あたしも亭主を亡くしているから、おっかさんの気持ちはよくわかります。死んだ直後は葬式だ、弔問客への返礼だと忙しくって、ゆっくり泣いている暇もなかった。でも、そういうことが終わってしまうと、一気に寂しさが募るのよ」

見慣れた箪笥《たんす》が身の回りから消えただけで、人は寂しさを覚えるものだ。

まして連れ添った相手がいなくなれば、心にぽっかり穴が開く。その穴から亡き人の思い出が次から次にこぼれ落ち、止まらなくなってしまうのだ。

「おっかさんは人助けをしてその穴を埋めているだけなのに、年下の男に貢いでいると勝手に邪推するなんて。いやらしいったらありゃしない」

蔑《さげす》みを込めて鼻を鳴らせば、兄の眉間《みけん》にしわが寄る。言い返すかと思いきや、意外にも「そうだな」と呟いた。

「おまえの言う通りかもしれない。だが、このままにしておけば、蕎麦屋が妙な気を起こすだろう」

「妙な気って？」

「互いに連れ合いがいない男と女だ。おっかさんをその気にさせて、夫婦になられたら厄介だぞ」

「兄さん、馬鹿なことを言わないで。おっかさんの歳を考えてよ」

蕎麦屋は四十絡みというから、母より十以上若いだろう。お美代と同じくらいの娘もいるならなおのこと、お美代の祖母を口説くものか。

鼻の先で笑い飛ばしても、兄は真顔を崩さない。「そっちこそよく考えろ」と一段声を低くする。

「金が目当てで言い寄るやつに、相手の歳は関係ない。おっかさんにはおとっつぁんの残した金がある。その金そっくり巻き上げられたら、取り返しがつかないぞ」

兄が恐れていることを知り、お秀は思わず息を呑む。その不安が当たっていれば、自分がもらっている金だってこの先どうなるかわからない。

寂しい女は男のやさしさに弱いものだ。お秀だって亭主と死に別れてから、親切顔で言い寄る男に何度も流されそうになった。

だが、その都度母に止められて、独り身を通してきたのである。

——あの人と一緒になれないなら、死んだほうがマシ。一生一度の恋だって、あんたはあたしに言ったじゃないか。忘れ形見のお美代もいるのに、もう他の男に心を移したのかい。

娘にさんざん言った言葉を母は忘れてしまったのか。自分は夫を亡くしたとたん、年下の男によろめくなんて。

おっかさんはいつまでもあたしを子供扱いするけれど、亭主と死に別れたのは、あたしのほうが先だもの。女やもめの先達《せんだつ》として釘《くぎ》を刺しておくべきね。

お秀は兄にうなずいた。

「それで、あたしにどうしろって言うの」

「おっかさんは昔からおまえに甘い。俺は駄目でも、おまえの言うことなら聞く耳を持つだろう」

「つまり、あたしからその蕎麦屋に近づくなって言えばいいのね」

妹の念押しに、今度は兄が大きくうなずく。兄妹のこういうやり取りは一体何年ぶりだろう。

そういえば、兄さんは子供の頃からおっかさんに逆らえなかったわ。言いにくいことはすべて妹のあたしに言わせていたっけ。

白井屋の主人となったいまもそこは変わっていないようだ。

大店の主人らしいのは恰好《かっこう》だけかと、お秀はひそかに苦笑した。

二

「それで、あんたは言われるがまま、縁を切られた実家にのこのこ顔を出したのかい。呆《あき》れて物も言えないよ」

翌七月二十三日の四ツ半（午前十一時）過ぎ、お秀はさっそく白井屋の離れを訪れた。目を丸くして驚く母に足を運んだ理由《わけ》を言えば、たちまち顔をしかめられる。

「まったく、太一郎も何を考えているんだろう。自分はすぐそばの母屋にいながら、大川の向こうに住む妹を引っ張り出すなんて。あの子は昔から頼りないところがあったけど、あたしは子育てをしくじったよ」

言葉の中身もさることながら、怒りもあらわな語気の荒さに、お秀はびっくりしてしまう。母がここまで機嫌を損ねているとは思わなかった。

道理で兄さんがあたしを担ぎ出したわけだ。おっかさんはおとなしそうな見た目によらず、いつまでも根に持つ人だもの。

江戸っ子は短気ですぐ怒る代わりに、水に流すのも早いと言われる。

だが、自分たちの母は違う。とっくの昔に終わったことをいつまでもしつこく言い募るのだ。

あたしが子供の頃に墨で晴れ着を汚したことや、高価な壺《つぼ》を割ったことまで、いまだに口にするんだもの。おかげでお美代を叱るとき、やりにくいったらありゃしない。

お秀が母に似ているせいか、娘も母の面立ちを受け継いでいる。兄夫婦に娘がいないことも手伝って、母は人一倍お美代をかわいがっていた。

おまけに、お秀の幼い頃を引き合いに出し、「それに比べて、お美代はすごい」と持ち上げる。結果、娘は思い上がって生意気を言うようになった。

――おっかさんだって、高価な壺を落として割ったことがあるんでしょう。安い湯呑を割ったくらいで怒らなくともいいじゃない。

――だったら、お祖母《ばあ》ちゃんに買ってもらう。お祖母ちゃんなら、あたしの頼みを聞いてくれるもの。

もちろん、十一の娘と言い争い、後れを取るようなお秀ではない。お美代をとことん言い負かし、最後は必ず「ごめんなさい」と言わせている。とはいえ、本人がどこまで反省しているか、怪しいものだと思っていた。

それはさておき、母とこの話を続ければ、藪《やぶ》から大蛇《だいじゃ》が出てきそうだ。

できれば日を改めて話したいが、父は五十九で亡くなった。目の前の母だっていつぽっくり逝くかわからない。

この場でおっかさんを説得して、兄さんに恩を売っておかなくちゃ。でないと、いざというときに頼る相手がいなくなるわ。

いまのままでは母の死後、本当に縁が切れてしまう。お美代は白井屋の主人の姪《めい》として嫁に出してやりたいのだ。

お秀は素早く腹をくくり、説得を続けることにした。

「そんなふうに言ったら、兄さんが気の毒よ。兄さんはおっかさんのことを案じて、屋台通いをやめろと言ったのに」

「この歳になって、息子の指図は受けないよ。老い先短い身の上だもの。何をしようと勝手じゃないか」

「でも、おっかさんは長く白井屋の御新造だったもの。そんな人がたびたび屋台の蕎麦を食べていれば、何事かと思われて当然よ」

白井屋の評判に関わると言えば、にわかに母の口が止まる。お秀はここぞと身を乗り出し、母の顔をのぞき込んだ。

「おっかさんは男やもめの主人に同情して、足しげく通っているだけでしょう。あたしは実の娘だから、ちゃんとわかっていますとも。でも、口さがない人たちはとかく邪推をするものよ」

母をその気にさせるには、まず「おっかさんの気持ちはわかる」と寄り添ってみせることが肝心だ。兄は他人から聞いたことを頭ごなしにまくし立て、母の逆鱗《げきりん》に触れたのだろう。

「おっかさんは歳より若く見えるし、おとっつぁんが残してくれたお金もある。このまま通い続ければ、屋台の主人がおっかさんの金を目当てに言い寄ってくるかもしれないわ」

次いで「若く見える」とおだてておいて、本題を口にする。すると、母のこめかみに青筋が立ち、お秀は慌てて言い添えた。

「もちろん、おっかさんのことだもの。口先だけの甘い言葉に乗せられたりしないと思うわ。でも、蕎麦屋の主人の娘はお美代と歳が変わらないんでしょう。その子に情が移ったら、見捨てられなくなるんじゃない？」

「………」

「いまのままではおとっつぁんもおっかさんが心配で、きっと成仏《じょうぶつ》できないわ。ここはおとなしく兄さんの言葉に従うべきよ。ほら、『老いては子に従え』って昔から言うでしょう」

母はぐうの音も出ないのか、黙って話を聞いている。お秀が「勝負あった」と思っていたら、ややして母に睨まれた。

「あんたは惚《ほ》れた亭主と死に別れ、人並み以上の苦労をしたから大人になったと思ったのに。肝心要の根っこのところは太一郎とまるで変わりゃしない。子供の頃とおんなじだよ」

見損なったと言い放たれて、お秀の頭に血が上る。

こっちは亭主に死なれて七年、女の細腕一本でひとり娘を育ててきた。長年大店の御新造だった母よりも、はるかに苦労をしているのだ。「子供の頃とおんなじだ」なんて、そっちの目こそ節穴だろう。

そりゃ、望んで家を飛び出したのはあたしだけど、おっかさんはやぶ蚊だらけの裏長屋で暮らしたことも、自分でお金を稼いだこともないじゃないの。いくら母親だからって、いつまでもえらそうに言わないで。

そう言い返そうとした瞬間、母は歪《ゆが》んだ笑みを浮かべた。

「そもそも、あたしはうちの人の成仏なんて望んじゃいない。いっそ、地獄に堕《お》ちて苦しめばいいと思っているくらいだよ」

「えっ」

罰当たりな言葉を耳にして、お秀の怒りが引っ込んだ。「地獄に堕ちて苦しめばいい」なんて、長年連れ添った夫に言う台詞ではない。

おっかさんたちは見合いで一緒になったけど、そこまで仲は悪くなかったはずよ。おとっつぁんの最期だって、涙を流して「お疲れ様でした」と労《ねぎら》っていたじゃないの。

父はやり手の商人だったが、女癖が悪かった。

それでも、隠居したときに妾《めかけ》とは手を切っている。亡くなるまでの四年間は二人で物見遊山に出かけ、仲良くやっていたと聞く。母も父の罪滅ぼしを受け入れて、これまでの恨みつらみを水に流したのではなかったか。

お秀だって若くして死んだ亭主を恨んだことは何度もある。

だが、さすがに「地獄に堕ちて苦しめばいい」とは思わない。さんざん苦労はしたけれど、とことん惚れた人だから。

「……一体、おとっつぁんは何をしたの？」

恐る恐る尋ねれば、母は目を伏せて語り出した。「あの人は最後の最後まで、あたしに嘘《うそ》をついていた」と。

父の嘘がばれたきっかけは、兄の妻のお真紀《まき》だった。「夫が隠れて女と会っている」と涙ながらに告げられて、母は兄を問い詰めたという。

「あたしの姑《しゅうとめ》は自分の息子がどれだけ女遊びをしても、見て見ぬふりを決め込んでいた。下手に相談なんてしようものなら、『おまえが至らないから、よそに女を作るんだ』と、こっちが責められる始末でね。こと女遊びに関しては、嫁の味方をしてやろうと心に決めていたんだよ」

そう鼻息荒く語るわりに、母と義姉の折り合いは悪い。互いに互いの悪口を陰でこそこそ言い合っている。

そんな二人も亭主の浮気に関しては心をひとつにするらしい。お秀は無言でうなずいて話の続きを促した。

「あの人の四十九日も過ぎて、いろいろ落ち着いてきたところだった。太一郎も名実ともに白井屋の四代目になったんだもの。妾を持つなとは言わないが、妻であるお真紀を蔑《ないがし》ろにするんじゃないと叱ったら、あの子がいきなりあたしに頭を下げたんだよ。妻に隠れて会っていたのは、おとっつぁんが囲っていた女です、俺の妾じゃありませんってね」

父の困った女好きは、死ぬまで治らなかったようだ。

隠居後に料理屋で仲居をしていた二十過ぎの娘を見初め、内緒で囲っていたらしい。兄は父が倒れてから妾がいると打ち明けられて、ひそかに手切れ金を渡したとか。

「それで縁が切れたはずなのに、その女が性懲《しょうこ》りもなく太一郎に言い寄ってきたんだよ。手切れ金をもらっても、それだけで一生暮らせるわけじゃないからね」

「何よ、それ。冗談じゃないわっ」

自分より若い女が父と兄を誑《たぶら》かし、金を巻き上げるなんて許せない。お秀が声を荒らげると、母も我が意を得たりとうなずいた。

「ああ、あたしもそう思った。だから、その女の住まいを聞き出して、自ら乗り込んでやったのさ。いくら浮気が男の甲斐性《かいしょう》でも、父子で同じ女を囲うのは人の道にもとるってね」

たちまち、母と若い妾が向かい合う姿が頭に浮かび、お秀はごくりと唾を呑む。この母に本気で凄まれたら、仲居上がりの小娘なんてひとたまりもなかっただろう。

「そんなわけで性悪《しょうわる》女を追い払い、太一郎には詫《わ》びを言われた。お真紀からは礼を言われて、これにて一件落着――と思いたかったんだけどねぇ。じわじわと腹が立ってきたんだよ」

夫は若い妾がいることを妻には最後まで告げなかった。

息子は父の裏切りを知りながら、母である自分に教えなかった。お真紀が誤解しなければ、一生黙っていたに違いない。

「太一郎に言わせると、それは思いやりなんだとさ。あたしが傷つくと思ったから、おとっつぁんも俺も黙っていたと言われたときは、開いた口が塞がらなかった。あたしが傷つくとわかっているなら、若い女を囲わなければいいじゃないか。さんざん好き勝手をしておいて、よくも恩着せがましい口を叩けたもんだ」

根深い怒りの理由を知り、お秀は二の句が継げなくなる。

男と女の理屈はしばしば嚙《か》み合わないけれど、父も罪作りなことをしたものだ。

「以来、離れにひとりでいるのも気が塞いでね。ふらふら出歩いているうちに、気が付けば永代橋を渡っていた。すると、橋のたもとにお美代がいたのさ」

笑顔で駆け寄ってきたかわいい孫から「平助店に行くのか」と尋ねられ、黙って首を左右に振る。すると、「だったら、お民《たみ》ちゃんの蕎麦を食べに行こう」と、近くの屋台に連れていかれた。

「お民ちゃんのおとっつぁん、杉次郎《すぎじろう》さんは元お武家でね。お民ちゃんのおっかさんは貧乏を嫌い、我が子を捨てて男と逃げたって言うんだよ。あたしはそれを聞いたとたん、何だかたまらなくなってしまってさ」

女を裏切る男がいれば、男を裏切る女もいる。

だが、たったひとりの連れ合いに裏切られた胸の痛みに男女の別はないだろう。母はそう思い込み、杉次郎の屋台に通うようになったそうだ。

「だから、太一郎はとやかく言える筋合いじゃない。杉次郎さんと知り合っていなければ、あたしは世をはかなんでいたかもしれないよ」

最後に縁起でもないことをさらりと言い、母はようやく口を閉じる。

一方、お秀は冷や汗をかいていた。

父の裏切りに怒り狂っている母は、同じ身の上の屋台の主人と自分を重ねてしまっている。杉次郎が口説くまでもなく、勝手に貢いでいるようだ。

おまけに、お美代が二人を引き合わせたなんて兄に知られるわけにはいかない。何としても屋台通いをやめさせようと、お秀は母の手を取った。

「おっかさんがそんな目に遭っていたなんて、あたしはちっとも知らなかったわ。どうして、打ち明けてくれなかったの」

「こんな情けない話、娘に聞かせられるもんか」

気の強い母は人に弱みを見せたがらない。お秀は母の手を握る手に力を込めた。

「おっかさんが杉次郎さん父子に肩入れする気持ちはよくわかる。それでも、あたしはその屋台から離れたほうがいいと思うわ」

「どうしてだい」

「お民ちゃんはまだおっかさんが恋しい年頃だし、杉次郎さんにも再縁話はあるはずよ。おっかさんとの噂《うわさ》が広まれば、まとまる話もまとまらないわ」

こう言えば、母だって首を縦に振るはずだ。お秀は自信があったのだが、なぜか首を横に振られる。

「それはいらぬ気遣いだよ。杉次郎さんは女なんてこりごりだと言っているし、お民ちゃんはあたしになついているから」

「えっ」

「お美代もお民ちゃんと仲が良くてね。二人ともあたしの大事な孫だと言ったら、大喜びしていたよ」

さっきまでの不機嫌はどこへやら、母はにこにこと笑み崩れる。お秀は冷や汗だけでなく、何だかめまいもしてきてしまった。

「で、でも、おっかさんだって年下の男に貢いでいると噂されるのは嫌でしょう」

「この歳になったら、世間の口なんて怖くないよ。親に言われて好きでもない男と一緒になり、長らく耐え忍んできたあたしだもの。杉次郎さんとの噂なら、浮名儲《もう》けと言うもんさ」

そう言う母の表情はいままでになく艶《つや》めいていた。

三

白井屋からの帰り道、お秀の口からはため息しか出なかった。

はるばる出向いてきたというのに、母を説得できなかった。おまけに、当てにしていた金も手に入らなかったのだ。

お美代が生まれてから、母と顔を合わせて手ぶらで別れるのは初めてだ。お秀は離れを立ち去るとき、「おっかさん、何か忘れていない？」と問いかけそうになったけれど、寸前で思いとどまった。

あたしにだって意地がある。向こうがくれるというならともかく、こっちから強請《ねだ》るなんてできないわ。

かつて文吉との仲を反対したのは、父だけではない。母だって孫が生まれるまで、お秀の住まいを訪れようとはしなかった。いまは世話になっていても、かつてのいざこざを忘れてしまったわけではない。

しかし、母の助けを借りないで、これからやっていけるだろうか。仕立て仕事は毎月決まった手間賃を得られるという保証がない。いまだって正直ぎりぎりなのだ。仕事がもっと増えないと、すぐに食い詰めてしまうだろう。

かくなる上はお美代を味方に引き入れて、「もう屋台に通わないで」と言わせるしかなさそうだ。

いままで娘の再縁話を邪魔してきた母である。今度は自分が邪魔されたって文句を言える筋合いではない。

お美代だっておっかさんのお金があるから、遊んでいられるんだもの。こっちの懐具合を知れば、なりふり構わず口説き落としてくれるはずよ。おっかさんは孫に甘いから、きっと嫌とは言わないわ。

そんな見通しが立ったとたん、踏み出す足が軽くなる。

それでも、日本橋から深川までの道のりは遠かった。母はあの歳でよく歩けるものだと感心する。

お秀が汗を拭きながら平助店の木戸をくぐったとき、お天道様は半分くらい西に傾いていた。

我が家の腰高障子を開ければ、お美代が「お帰りなさい」と飛んでくる。

「おっかさん、今晩のお菜《かず》は何なの」

期待に満ちた目を向けられて、たちまち苦い気分になった。今朝、「白井屋に行く」と教えたので、いつもより豪華な夕餉《ゆうげ》になると楽しみにしていたらしい。

「佃煮《つくだに》と菜っ葉のおつけだよ」

「それじゃいつもと一緒じゃないか。今日はお祖母ちゃんのところに行ったんじゃなかったの」

　母と会うたびに金をもらっていることは、お美代だって知っている。ふくれっ面になった娘は聞こえよがしに不満を言う。

「今夜は鰻《うなぎ》だと思っていたのに」

「子供のくせに贅沢《ぜいたく》を言いなさんな。うちは貧乏なんだからね」

　ぴしゃりと言い返したものの、お秀は自分が情けなかった。

　去年の夏、お美代は母が持参した鰻を大喜びで食べていた。自分は娘の好物を買ってやることさえできない。

　しかし、今日手ぶらになった一因はお美代にもある。お秀はこの場で詳しく問い質《ただ》すことにした。

「お美代、あんたはおっかさんに隠していることがあるだろう」

「え、何のこと？」

「永代橋の蕎麦屋の屋台にお祖母ちゃんを連れていったんだってね。お祖母ちゃんはそこが気に入って、足しげく通っているそうじゃないか」

　お美代が握り飯を持って遊びに行くのは、お秀の針仕事の邪魔をしないためだ。毎日日暮れ前に帰ってくると、その日にあったことを話してくれる。母の話に出てきた「お民ちゃん」の名にも聞き覚えがあった。

だが、母を屋台に連れていったことは一度だって聞いていない。

お秀がじろりと睨みつけると、お美代は一人前に眉をひそめた。そして、「誰から聞いたの」と問い返す。

「お祖母ちゃんだよ」

もったいぶらずに教えれば、お美代が口を尖《とが》らせた。

「おっかさんには内緒だよって、お祖母ちゃんが言ったくせに」

聞き捨てならない娘の言葉に、今度はお秀が眉をひそめる。

「お美代、それは本当かい」

「うん、あたしはよくお民ちゃんの屋台へ遊びに行くから。お祖母ちゃんとは何遍も会ってんだ」

もう隠さなくていいと思ったのか、お美代はあっさり白状する。お秀の声が低くなった。

「……あんたがお祖母ちゃんを最初に連れていったのは、いつのことだい」

「五月の初めくらいかな」

では、およそ三月の間、母と娘は手を組んで自分をのけ者にしていたのか。まったく、油断も隙も無いと、お秀はお美代の前に手を出した。

「だったら、お祖母ちゃんから内緒でもらった小遣いがあるだろう。それを全部出しなさい」

母が猫かわいがりしている孫に会い、小遣いをやらないはずがない。口止め料も含まれているだろうから、それなりの額になるはずだ。

　じっと目を見て命じれば、お美代がオロオロとうろたえる。

「あ、あたしは小遣いなんてもらってないよ」

「小遣いのことも内緒にしろって、お祖母ちゃんに言われたんだね。でも、あんたの母親はこのあたしだよ。おっかさんの言うことが聞けないのかい」

「…………」

「嘘をついちゃいけないって、おっかさんはお美代に教えただろう。それでも、もらっていないと言い張るのかい。あとで嘘だとばれたら、承知しないよ」

　目を吊《つ》り上げて脅かすと、お美代の目に涙が浮かぶ。そして、悔しそうにお秀を睨み返した。

「だって、あたしはかわいそうだってお祖母ちゃんが言ったんだ。おっかさんが死んだおとっつぁんと一緒になったばっかりに、貧乏暮らしをさせられて……本当なら、白井屋の孫娘としてもっといい暮らしができたって」

「お美代、それは」

「おっかさんはあたしくらいの頃、きれいな着物を着て、毎日御馳走を食べていたんでしょう。それなのに、あたしはいつもめざしか佃煮ばっかり。お祖母ちゃんはそんなあたしがかわいそうで、内緒で小遣いをくれたんだもの。どうして、おっかさんに渡さないといけないのさ」

　まさか、十一の娘の口からこんな言葉が飛び出すとは。お秀は一瞬耳を疑い、次いで頭の中が真っ白になる。

母がいろいろ吹き込んでいることは知っていた。だが、十一の孫娘にこんなことまで言っているとは思わなかった。

「おっかさんが親に逆らわなければ、あたしが片親になることもなかったんでしょう。だから、だから……」

腹立ちまぎれにしゃべるうち、自分が何を言いたいのかわからなくなってきたのだろう。お美代は下唇を嚙み、じっと涙をこらえている。そのいまにも泣き出しそうな表情がかつての自分と重なった。

そうだ、あたしはおっかさんからよくおとっつぁんの愚痴を聞かされたっけ。「いくら稼ぎがよくたって、女を泣かせるような男は駄目だ」「仲人口に騙《だま》された」と、しつこく言われていたんだわ。

子供は大人の言うことを鵜呑みにする。

まして、母親の言うことは絶対だ。

だから、父の眼鏡にかなった人と一緒になるのは嫌だった。嫁ぎ先がいくら裕福でも、好きでもない男と一緒になり、一生夫の女遊びに悩まされるなんて真っ平だ。

だから、浮世絵師でありながら、奥手で真面目な文吉に思いを寄せた。ちょっと見はいいけれど、よく見ればそれほどでもないし、稼ぎも悪いとわかっていた。

それでも、一心不乱に絵を描く姿は息を呑むほど素敵に見えた。「一生大事にする」と言われて、この人についていこうと決心した。

きっと、おっかさんは二十年も前に娘に言ったことなんて、きれいに忘れているんだろうね。あたしだっていままで忘れていたもの。

かつての自分を思い出し、お秀の顔に苦笑が浮かぶ。

母の娘に生まれて三十年、いまでは自分も母親だ。

子供の頃は、親は何でも知っていると思っていた。

しかし、自分も親になり、「そんなことはない」と思い知った。

大人は物を知っているから、子供に威張るわけではない。かつて大人に威張られたから、大人になると威張るのだ。

お秀はそう思い至り、かつての自分とよく似た娘の頬に触れる。

「そりゃ、悪かったねぇ。あたしは文吉さんと一緒になって、あんたが生まれてよかったと思っていたのに」

あえてからかうような口調で言えば、とたんにお美代の目が泳ぐ。そして、気まずそうに目を伏せた。

「あ、あたしだって、おっかさんが嫌ってわけじゃ……でも、お祖父《じい》ちゃんが選んだ人と一緒になれば、もっといい暮らしができたって」

「ああ、それはそうだろうね。その代わり、お美代はこの世にいなかったよ」

「えっ」

　何気ない調子で付け加えると、お美代が勢いよく顔を上げる。こういうところは素直だと、お秀は微笑《ほほえ》ましくなった。

「だって、あんたはおっかさんと文吉さんの子だもの。おとっつぁんが違えば、生まれる子だって違うだろう」

「で、でも、あたしはおっかさんの子供でしょう」

　うろたえるお美代は実の父の文吉をほとんど覚えていない。母ひとり子ひとりで育ったから、父親が誰であろうと関係ないと思ったのか。

「それに、お祖母ちゃんだって……」

「お祖母ちゃんにしてみれば、亭主は誰であれ、あたしが産んだ子はすべて自分の孫だもの。あんたとは立場が違うよ」

　もちろん、母はそんなつもりで言ったわけではないだろう。

　だが、裏を返せば、そういうことだ。お美代はすっかりしょげてしまった。

「そもそも、お金があれば幸せってわけじゃない。その証拠に、お祖母ちゃんは幸せそうに見えるかい」

「……ううん」

お秀の問いかけに、お美代は首を横に振る。こんな子供の目にもやっぱりそう見えるのか。

「あんたはこの町内に住む子たちの親分株で、一日中遊んでいるだろう。でも、大店のお嬢さんはそういうわけにもいかない。いろんな習い事をさせられて、女らしくしないと怒られるんだよ」

「おっかさんもそうだったの」

「ああ、そうだよ。人前で走ったりしたら、お祖母ちゃんに叱られたんだから。女の子がはしたないってね」

お美代は甘い祖母しか知らない。お秀が肩をすくめれば、びっくりしたような顔をした。

「あたしはあんたがいるだけで、貧しくとも幸せだよ。好きで一緒になった文吉さんの大事な忘れ形見だもの。だけど、お美代は違うようだね」

「そ、そんなことない。あたしだって、おっかさんがいればそれでいいっ」

大きな声でそう言って、お美代は勢いよく立ち上がる。そして、壁の穴に手を入れて、汚れた巾着を取りだした。

「これ、お祖母ちゃんからもらった小遣い……」

「他にはないね」

念のために尋ねれば、お美代がうなずく。

受け取って中を検《あらた》めると、一朱銀が十枚も入っていた。四朱で一分に当たるから、締めて二分二朱ということだ。銭に直せば、二千文を超えている。

子供にやる小遣いは十文かそこらが相場だが、母はかさばる銅銭をたくさん持ち歩く人ではない。うるさい娘に内緒なら多めにあげても構うまいと、一朱銀を渡していたのだろう。お秀は心底呆れてしまった。

思わずため息をつけば、お美代が必死に言い訳する。

「おっかさんに内緒にしたのは悪かったけど、あたしはもらった小遣いを一文も使っていないからね」

「おや、そうなの。これだけあれば、鰻だって腹一杯食べられたのに」

「だって、お民ちゃんのおとっつぁんが……子供が大きなお金を使ったら、悪い大人に狙われるって。それに鰻は匂いがつくから、おっかさんにばれると思って」

「なるほどねぇ」

妙な知恵が回るくせに、変なところが抜けている。この子はやっぱりあたしの子だと、お秀は笑った。

「お美代のおかげで思わぬお金も手に入った。夕餉は外で食べようか」

「うん、あたしは鰻がいい」

いま泣いたカラスがもう笑う。笑顔になったお美代を見て、お秀は「なに言ってんだい」と鼻で笑った。

「嘘つき娘には屋台の蕎麦で十分だよ。お美代、道案内は頼んだからね」

四

大きな橋の周りには、多くの屋台が立ち並ぶ。

特に北新堀町《きたしんぼりちょう》と佐賀町《さがちょう》を結ぶ永代橋はいつも人通りが絶えない。橋の左右のたもとに屋台がひしめき合うさまは、さながら縁日の境内だ。お秀はふくれっ面のお美代に手を引かれながら、辺りの様子に目をやった。

もうじき暮れ六ツ（午後六時）の鐘が鳴る。

女子供はすでに家に帰り、仕事帰りの男たちは脇目も振らずに先を急ぐ。ちょっと一杯という連中は落ち着いて酒を飲みたいのか、立ち飲みの屋台にはあまり足を向けないらしい。どこも人影はまばらだった。

「お民ちゃん、今日はおっかさんを連れてきたよ。おじさん、かけ二つ」

「お美代ちゃん、いらっしゃい」

大きなお美代の声に応えて、屋台の前にいた女の子が振り返る。ここが件《くだん》の蕎麦屋かと、お秀はお民に微笑みかけた。

「お民ちゃん、初めまして。美代の母の秀と言います。うちの娘と仲良くしてくれてありがとう」

「とんでもない。お美代ちゃんにはあたしのほうが助《す》けてもらっているんです」

「そう言ってもらえるのはうれしいけれど、とても信じられないねぇ。女だてらにガキ大将を気取っているから、お民ちゃんは迷惑しているんじゃないのかい」

「いいえ、お美代ちゃんがいるから、ここらの女の子は悪ガキ連にいじめられずにすむんです」

川向こうに沈む赤い夕日を浴びながら、お民が首を横に振る。そして、うらやましそうにお美代を見た。

「お美代ちゃんはいいなぁ。きれいなおっかさんがいて」

「そう言うお民ちゃんには、やさしいおとっつぁんがいるじゃない。うちのおっかさんは見た目と違って、すごくおっかないんだから」

内緒で貯め込んだ小遣いを取り上げられた上、今日の夕餉が屋台の蕎麦になったことを根に持っているらしい。お秀は目の前で親の悪口を言う娘の背を叩いた。

「他人様《ひとさま》に馬鹿な告げ口をするんじゃないよ。あたしがおっかないのは、あんたが隠し事なんてするからだろう」

横目でじろりと睨みつければ、お美代は決まり悪げに目をそらす。すると、屋台の奥から背の高い男が顔を出した。

「そいつは叱られたって仕方がないな。俺だってお民が隠し事をすれば、尻を叩いて白状させるぞ」

苦笑混じりに男はお美代を窘《たしな》めると、お秀に向かって頭を下げた。

「お美代ちゃんには親子で世話になってます。手前は杉次郎と申しまして、見ての通りのおんぼろ屋台の親爺でさ」

「こちらこそ、母と娘がお世話になっているのに、ご挨拶が遅れてすみません。あたしは拙《つたな》いながら、仕立物を生業《なりわい》にしていましてね。もし仕立て直しがありましたら、お声をかけてくださいな。お世話になっているお礼に勉強させてもらいます」

お秀は慌てて下げた頭を上げてから、相手の顔を見て驚いた。

母より一回りほど若くとも、所詮は屋台の主人である。元は武家だと気取ったところで、冴えない男に違いないと勝手に思い込んでいた。

ところが、目の前の杉次郎は苦み走ったいい男だ。もう少し顔の造りが大きければ、芝居の色悪だって務まりそうな見た目をしている。これなら母がひと目見て、惚れ込むのも無理はない。

こんなにいい男でも、貧の苦労で女房に逃げられてしまうのね。

白井屋のおとっつぁんは団子に目鼻をつけたような顔立ちだったけど、お金だけはあったもの。そのせいで女が途切れなくて、おっかさんは苦労したのよね。

男は甲斐性、女は見た目がものを言う。

初対面の挨拶が終わると、杉次郎は手早く蕎麦を作り始める。そして、あっという間に湯気の立つ丼《どんぶり》を差し出した。

「どうぞ。熱いので、お気を付けて」

「あら、いい匂い。いただきます」

お秀はさっそく蕎麦をすすり、さりげなく周囲の様子を確かめた。

自分たちの他に客はない。子供二人を遠ざければ、この場で外聞を憚《はばか》る話だってできそうだ。

お美代の口からおっかさんに「屋台通いをやめて」と言わせるつもりだったけど、さっきの調子じゃ、タダであたしの頼みを聞いてくれるかわからないわ。ここは色男のご主人から「もう来るな」と言ってもらえないかしら。

目当ての杉次郎に拒絶されてしまったら、気位の高い母のことだ、ここには二度と近づくまい。しかし、杉次郎にしてみれば、母はとびきりの上客だろう。こちらの頼みをすんなりと聞き入れるとは思えない。

さて、どうしようと悩んでいる間に、お美代が食べ終わってしまう。お秀が慌てて残りの蕎麦をすすっていると、杉次郎がお民に銭を握らせた。

「木戸番小屋に行って、お美代ちゃんと菓子でも買ってこい。じきに日が暮れるから、足元には気を付けろよ」

「おとっつぁん、ありがとう。お美代ちゃん、よかったね」

「うん。おっかさん、あたしもお民ちゃんと行っていい？」

さっきの説教が効いたのか、上目遣いのお美代からおうかがいを立てられる。お秀は笑ってうなずいた。

「ああ、いいよ。ほら、お民ちゃんのおとっつぁんにお礼を言わないと」

「あ、そうだ。おじさん、ありがとう」

「ああ、二人とも気を付けて行くんだぞ」

「はあい」

二人は楽しげに声を揃え、手をつないで走り出す。お秀は遠ざかる後ろ姿を見送って、丼の汁を飲み干した。

「ああ、おいしかった。どうもごちそうさまでした」

「そいつはよかった。白井屋のお嬢さんの口に合うなら、手前の蕎麦も捨てたもんでもないようだ」

空の丼を受け取って、杉次郎が色悪にふさわしい笑みを浮かべる。お秀は「あら、ご謙遜《けんそん》」と笑い返した。

「蕎麦がおいしくなかったら、母がこちらに通いつめたりしませんよ」

「やっぱり、そのことで来たんですか。でしたら、安心してください。今度お見えになったときに、もう来ないようにお願いします」

　まさか、こちらが言い出す前に、申し出られるとは思わなかった。予想外の成り行きに驚いてお秀は目を瞬《しばた》く。杉次郎は訳知り顔でうなずいた。

「身なりのいい年寄りが三月も屋台の蕎麦を食べに通えば、おのずと噂になりますから。こっちはケチな屋台の主人だ。下世話な噂を立てられたって痛くもかゆくもありません。だが、ご隠居さんは違うでしょう」

　では、母の立場を慮《おもんぱか》って遠ざかろうとしているのか。お秀は思わず聞いてしまった。

「あの、杉次郎さんはそれでもいいんですか」

　蕎麦は一杯十六文だが、気前のいい母のことだ。毎度「おいしいものを食べさせてもらったから」と、心づけを渡していたに決まっている。それがなくなってしまったら、商いの痛手にならないか。

　すると、杉次郎はにわかに表情を引き締めた。

「むしろ、過分な心づけや土産をもらうのがしんどくてね。何より、娘を憐《あわ》れまれるのがつらいんですよ」

　――お民ちゃんはおとっつぁんの手伝いをして、本当にえらいわね。

　――女の子に母親がいないのはかわいそうよ。年頃になれば、男親には言いにくいこともできるから。

――世が世なら、お民ちゃんはお武家のお嬢様なのにねぇ。

相手に悪気がないのはわかっていても、そういうことを言われるたびに杉次郎は胃の腑《ふ》が痛むという。甲斐性のない自分のせいで、娘が苦労していると思い知らされてしまうから。

「手前は貧乏だが、それを恥じてはおりません。父子でまっとうに働いて、暮らしていければ十分だ。でも、お金持ちのご隠居さんには貧乏人の意地ってやつが通じねぇみたいでね」

身に覚えがありすぎて、お秀は大きくうなずいた。

「うちの母はいい歳をして、世間知らずなんですよ。お美代にもさんざん余計なことを吹き込んで……あたしも親切ごかしの憐れみなんて真っ平です」

自分は母のようになるのが嫌で、文吉の手を取った。いくら暮らしが苦しくとも、母の金を当てにするべきではなかったのだ。

気持ちも新たに力んで言えば、杉次郎の肩から力が抜けた。

「お美代ちゃんのおっかさんにそう言ってもらえて助かりました。これからも、お民のことをよろしく頼みます」

「いえ、そんな……。お美代は元気だけが取り柄の跳ねっ返りです。お民ちゃんに迷惑をかけることもあると思いますけれど、どうか見捨てないでやってくださいまし」

またもや杉次郎に頭を下げられ、お秀も慌てて頭を下げた。

「まったく、ここのやぶ蚊はどうなってんだい。彼岸はとっくに過ぎたのに、ちっともいなくならないじゃないか」

今日も平助店に来た母は季節外れの団扇をあおぎ、寄ってくる蚊を追い払う。お秀は針を持つ手を動かしながら言い返した。

「おっかさん、こっちに風が来るからやめてちょうだい」

「だったら、この蚊を何とかしとくれよ」

「いますぐは無理ね。あとひと月もすれば、いなくなるわ」

平助店では九月になっても蚊がいるが、さすがに恵比寿講《えびすこう》までにはいなくなる。「その頃にまた来れば」と言ったとたん、母はしわの寄った目尻を吊り上げた。

「それじゃ、あんたはあとひと月もここには来るなと言うんだね。なんて薄情な娘だろう」

「はいはい、すみませんね」

おざなりに詫びを言う間も、お秀はひたすら針を動かす。思い切って手間賃を下げてみたところ、予想以上に仕事が増えた。おかげで休む暇はないけれど、手取りが増えたので苦にならない。

母はそんな娘の事情を知りながら、何かと仕事の邪魔をする。ここはきちんと話を聞いて、さっさと白井屋に帰ってもらおう。

お秀は縫い直し中の着物を脇に置き、顔を上げて母を見た。

「それで、今日は何の用よ。兄さんが浮気でもしたの？　それとも、お真紀さんがまた着物を誂《あつら》えたのかしら」

「どっちも違うよ。孫の一之助《いちのすけ》が仮病を使って、手習いをずる休みしようとしたんだよ。青物屋の勘太《かんた》にいじめられるから行きたくないって」

「あらまあ」

「まったく、男のくせに情けない。お真紀もお真紀だよ。息子がいじめられていることに気付かないなんて、それでも母親なのかねぇ」

一之助は兄の長男で、いずれ白井屋の五代目となるはずだ。どうやら、お美代と違っておとなしい子であるらしい。

「太一郎もよく近所の悪ガキに泣かされていたけれど、仮病を使ったりしなかった。お真紀の躾《しつけ》が悪いから、親を騙すような子に育つんだ」

お美代には「おっかさんには内緒だよ」と小遣いを渡しておいて何を言う――お秀は声を荒らげる母に腹の中で言い返した。

杉次郎から「もう屋台に来るな」と言われた母は、十日ほど白井屋の離れに閉じこもったらしい。その後は何事もなかったように平助店にやってきて、兄家族への不満を声高に並べ立てている。

一方、お秀は母からの土産はもらっても、金は断るようになった。「本当に金に困ったときだけ助けてほしい」と伝えたところ、母は黙って差し出した金を引っ込めた。

お美代も内緒の小遣いを取り上げられて懲りたのか、お秀に隠れて母と会うことはなくなった。その代わり、杉次郎に頼んでお民と屋台を手伝っている。

安さが売りの屋台に、幼くとも女の子が二人もいるのはめずらしい。客にかわいがられている反面、強引な客引きをして怒られることもあるようだ。

「いっそ、一之助とお美代が逆だったらよかったのに。お美代は頭の回りが早いし、銭勘定も得意だもの。きっといい商人になれただろうよ」

それはお秀が子供の頃によく聞いた言葉である。「兄と妹が逆だったら」と恨めしそうに言われたものだ。

とはいえ、過ぎたことをいまさら持ち出しても仕方がない。お秀は余計なことを言わず、母を慰《なぐさ》めることにした。

「おっかさん、そう心配しなくとも大丈夫よ。一之助はまだ九つじゃないの」

「でも、『三つ子の魂百まで』って言うじゃないか」

母子でそんなやり取りをしていたら、勢いよく腰高障子が開く。何事かと思って見れば、お美代が「ただいま」と入ってきた。

「今日は風が強いからもう帰れって、お民ちゃんのおとっつぁんに言われちゃった。あ、お祖母ちゃん、いらっしゃい」

自分に甘い祖母を見て、お美代が目を輝かせる。ところが、母は慌てた様子で腰を浮かせた。

「だったら、あたしもお暇《いとま》しよう。お秀、お美代、また来るからね」

ここでお美代と話したら、お秀に内緒のあれこれをばらされるとでも思ったのか。お秀は「危ないから駕籠を使って」と念を押して、母を長屋の木戸口まで見送った。

家に戻ると、お美代が畳の上に立ったまま母の土産の饅頭《まんじゅう》を食べている。お秀は目を吊り上げた。

「お美代、ちゃんと座って食べなさいっ」

「別にいいじゃない。屋台の蕎麦だって立って食べるんだから」

「それは家の中じゃないからでしょう。女の子のくせに行儀が悪い」

強い口調で叱り飛ばせば、お美代が口を尖らせて正座する。お秀はその姿を見て、「誰に似たんだか」と呟いた。

「そんなの、おっかさんに決まってるよ」

生意気な娘はそう言って、二つ目の饅頭に手を伸ばす。お秀はすかさず言い返した。

「失礼だね。おっかさんはもっと行儀がいいよ」

「でも、お祖母ちゃんが言ってたもの。あんたのおっかさんは親の言うことをちっとも聞かなかったって」

お秀はぐうの音も出なかった。

第二話　誰のおかげで

三代目妻　お清

一

お清の亭主にして筆墨問屋白井屋の先代、太兵衛は五十九で亡くなった。長生きとまでは言えないが、ことさら短命というわけでもない。亡くなる四年前に隠居したので、店がごたつくこともなかった。

それでも、問屋とは名ばかりだった白井屋を一代で誰もが知る大店にした商人である。隠居後も奉公人に睨みを利かせ、頼りない跡取りの太一郎を支えていた。

そんな太兵衛の葬儀には、江戸中から多くの弔問客が駆けつけた。中にはお清でさえ知らない人もいたけれど、みな心から亭主の死を悲しんでいるようだった。

――ご亭主が隠居したときは早すぎると思ったが……いまにして思えば、頃合いだったんだろう。太兵衛さんほどの商人になると、己の最期も見通せるのかねぇ。あたしにはとても真似《まね》できないよ。

――手前は亡くなった先代にとてもお世話になりました。いま一人前の顔をして商いをしていられるのは、ひとえに先代のおかげでございます。お力になれることがございましたら、ぜひとも恩返しをさせてくださいまし。

——同業としちゃ癪《しゃく》に障ることも多かったが、あの人は卑怯《ひきょう》な商いをしなかった。おかげでこっちも正々堂々、恨みっこなしの勝負ができた。これからはあの人になり代わり、陰ながら白井屋を見守らせてもらいましょう。

弔いの場で故人をほめるのは当たり前のことだとしても、ここまで言ってもらえるのは当たり前ではないだろう。お清は長年連れ添った亭主をひそかに見直していたのだが、徐々に雲行きが怪しくなった。

——それほどの人だから、女が放っておかなくてね。一緒の座敷で芸者を呼ぶと、こっちが割を食ったもんだ。

——恥ずかしながら、手前の女房も先代に憧れておりました。「それに比べておまえさんは」とよく文句を言われたもんですよ。

——あの人はたいした見た目じゃないのに、びっくりするほどもてたからね。やっぱり男は顔じゃないと、わしも意を強くしたものさ。

誰もが申し合わせたように、「太兵衛さんは女にもてた」と言い添える。言い返すわけにもいかないお清は無言で顔を引きつらせた。

太兵衛がここまでになれたのは、本人だけの手柄ではない。少しは内助の功をほめ、よくぞ最後まで連れ添ったと妻を労ったらどうなのか。お清は込み上げる怒りをこらえ、数珠《じゅず》を持つ手に力を込めた。

亭主は小太りの狸顔《たぬきがお》だが、金払いがいい上に、外の女にはほめ言葉を惜しまなかった。すぐに目移りすることも、妾を望む尻軽にはかえって都合がよかったようだ。若いうちなら次の旦那も見つけやすいし、十分過ぎる手切れ金も手に入る。

いつも後腐れなく別れていたので、「白井屋さんは商いよりも女遊びがお上手だ」と陰で言われていたらしい。

しかし、妾の旦那としては最高でも、亭主としては最悪である。

生きていれば、誰だって年を取る。常に若い妾と比べられたら、こっちはたまったものではない。思い余って姑に愚痴をこぼしたら、鼻の先で笑い飛ばされた。

——浮気は男の甲斐性です。まして太兵衛は若い女にうつつを抜かし、商いを疎《おろそ》かにしているわけじゃない。おまえも白井屋の御新造なら、年甲斐もない悋気《りんき》なんてしなさんな。

——おまえが至らないせいで、外に女を作るんじゃないか。我が身の不出来を棚に上げて、恨み言なんて言うんじゃないよ。

夫に先立たれた姑にとって、出来のいい跡取りは何よりの自慢の種だった。

それでも女の端くれならば、浮気をされる妻のつらさは身に沁《し》みてわかってくれるだろう。そんな期待を木っ端みじんに砕かれて、お清はひそかに腹をくくった。

こんな義母《おっか》さんに育てられたから、女にだらしがないんだね。最初《はな》から期待しなければ、何があっても傷つかないわ。

こっちだって太兵衛に惚れて、夫婦になったわけではない。お清の父、紙問屋《かみどいや》久松屋《ひさまつや》の先代が太兵衛の商才に惚れ込んで、娘の嫁入り先に望んだだけだ。父の商人を見る目は確かでも、男を見る目はなかったのだろう。お清は亭主に見切りをつけると、二人の我が子を守ることだけ考えた。

太兵衛のそばにいる限り、暮らしに困ることはない。自分は余計なことを一切言わず、家を守り、子供を育てよう。

亭主が外でどんな女と遊ぼうと、白井屋はいずれ息子の太一郎が継ぐ。妾上がりの後添いなんて絶対に迎えさせてなるものか。

長らくその一心で生きてきたのに、太兵衛は隠居するときに「これからは夫婦水入らずで暮らそう」と言い出した。どうせ寄る年波で、若い女と楽しめなくなったに違いない。

――おまえにも苦労をかけたから、最後は女房孝行をさせてくれ。

やや後ろめたそうに言われたときは、「何をいまさら」と呆れたものだ。

しかし、殊勝な申し出を断っては、「良妻」の金看板に傷がつく。表向きは喜ぶふりをして、二人きりでいるときは心置きなく嫌みや皮肉を口にした。

それでも太兵衛の最期を看取《みと》ったときは、「この人と一緒になってよかった」と確かに思ったはずだったのに……。

「おっかさん、いい加減に嫁いじめはやめてくれ」

十月四日の昼下がり、お清は離れに現れた太一郎を見て目を丸くした。

今年の春に亭主が死ぬと、息子は母がひとりで暮らす離れに寄りつかなくなった。今日は何事かと不審に思い、眉根を寄せて聞き返す。

「藪から棒に人聞きの悪いことを言いなさんな。このあたしがいつ、嫁いじめをしたってのさ」

「ふん、しらじらしい。今朝も仏壇のお茶が新しくなっていなかったと、お真紀を叱ったじゃないか」

責めるように言い放ち、太一郎は歯を剝《む》きだす。お清は「そんなことでわざわざ文句を言いに来たのか」と、心の底から呆れてしまった。

まったく、お真紀もお真紀だよ。あたしは姑にどれほど理不尽なことをされても、亭主に泣きついたりしなかったのに。

どうせ太兵衛に泣きついたって、相手にされないとわかっていた。嫁の言葉を鵜呑みにして、実の母に喧嘩《けんか》を売るような考えなしではないのだから。

あんたを産んで育てたのは、どこの誰だと思っているのさ。そんなに見る目のないことで白井屋の主人が務まるのかい。

お清は腹の中で息子を罵《のの》り、咳払いした。

「白井屋の嫁は朝一番に仏壇を拭き、お茶を供える。それはあたしが嫁ぐ前からのしきたりだよ。三日も続けて怠けた嫁を叱らなくてどうするのさ」

お清だって姑に命じられ、毎朝明け六ツ（午前六時）の鐘が鳴る前に、長年お茶を供えてきた。お真紀に役目を譲るまで、お供えを休んだのは産後の五日間だけである。

「死んだ義母さんなら、一日目の朝餉の前に叱り飛ばしていただろうよ。あたしは三日も様子を見たのに、どこが嫁いじめなんだい」

自分が姑に厳しくされた分、嫁には鷹揚《おうよう》に接している。そんな心遣いも知らないで、逆恨みするとは何事か。

お清が目つきを険しくすれば、太一郎は目をそらす。己の心得違いを知って、引き下がるかと思いきや、

「仏壇にお茶を供えるくらい誰がやってもいいじゃないか。朝一番なら、女中にやらせればいいだろう」

生真面目な息子にしてはめずらしく、とんでもないことを言い出した。

「馬鹿なことを言いなさんな。ご先祖様へのお供えを奉公人にやらせるなんて、罰が当たるよ」

「だったら、おっかさんがやればいい。いまだって明け六ツの鐘が鳴り終わるなり、仏壇に手を合わせているんだから」

最初に線香をあげる者が一緒にお茶も供えればいい――名案だと言いたげな太一郎に、お清は開いた口が塞がらない。どうしてこの歳になってから、嫁の仕事を肩代わりしなければならないのか。

こんなことなら、もっと女に慣れさせておくべきだった。あたしは子育てをしくじったよ。苦い後悔を嚙みしめて、亭主によく似た息子を睨んだ。

太兵衛は浅草《あさくさ》から通油町に店を移した後、妾を囲うようになった。しかも頻繁に女を替えるので、お清は息子の行く末を案じるようになったのだ。

亭主はどうにもならないが、子供を躾けることはできる。馬鹿な女遊びをしないように目を光らせ続けた結果、息子は初めての妻《おんな》にのぼせてしまった。お清はやりきれない思いでため息をつく。

「あんたがお真紀を甘やかすから、奉公人も主人を敬わなくなるんだよ。近頃は口ごたえばかりするじゃないか」

「奉公人には『店のためになることは遠慮なく言ってくれ』と伝えたから、物申すことが増えたんだ。俺が舐《な》められているわけじゃない」

間髪を容《い》れず返されて、お清は閉口してしまう。口ごたえが多くなったのは、奉公人に限った話ではないようだ。

「あんたがその調子だから、一之助も仮病を使って親を騙そうとするんじゃないか。まったく、情けないったら」

舌打ち混じりに言ったとたん、太一郎の顔色が変わった。

先月の初め、孫の一之助は朝起きるなり「腹が痛い」と言い出した。

一粒種の一大事にお真紀は医者を呼ぼうとする。すると、腹を押さえていた一之助がうろたえて「もう治った」と言い出した。お清が不審に思って問い詰めると、孫は仮病だったことを白状した。

――だって、手習い所に行くと、青物屋の勘太にいじめられるから……。それに、さっきは本当にお腹が痛い気がしたんだよ。

一之助は歳のわりに身体が小さく、性格だっておとなしい。

しかし、白井屋の跡取りともあろう者が青物屋ごときの小倅《こせがれ》にいじめられるとは何事か。幼くとも男なら立ち向かえばいいものを。

お秀のところのお美代なら、女だてらにいじめっ子を返り討ちにしたはずさ。やっぱり、子は親に似るんだねぇ。

かつて、お清は「息子と娘の中身が逆だったら」と何度も思ったものである。まさか、孫でも同じ思いをするとは思わなかった。

一之助はいま強面《こわもて》の手代に守られて、近所の手習い所に通っている。さすがの勘太もおとなしくなったと聞いているが、白井屋の跡取りがいつまでも奉公人の陰に隠れているようでは困るのだ。

「『子は親の鏡』と言うだろう。あんたはだらしないお真紀じゃなく、『叱るほうが悪い』とあたしを責める。両親がそういう料簡《りょうけん》だから、一之助も嘘をつくんだよ」

鼻を鳴らしてうそぶけば、太一郎が悔しそうに顔を歪めた。

「そんな言い方はないだろう。お真紀だって懸命に一之助を育てているのに」

「母親なら誰だって命懸けで我が子を育ててるもんさ。大事な跡取りの仮病くらい、ひと目で見抜けなくてどうするんだい。あんたが子供の頃、おとっつぁんの雪駄《せった》を勝手に履いて駄目にしたことがあっただろう。あたしはあんたの仕業だって顔を見るなり見抜いたよ」

あえて子供の頃のことを言い立てれば、太一郎はむっつり黙り込む。お清は居丈高に言い放った。

「男なら嫁の機嫌ばかり取っていないで、たまには小言のひとつも言っておやりよ」

「……亭主が嫁を大事にして何が悪いんだ。俺に『嫁を大事にしろ』と言ったのは、おっかさんだろう」

思いがけない息子の返事にお清は目を瞬く。

次いで何のことだと眉を寄せ、かつて我が子に言った言葉を思い出した。

――いくら商いが上手でも、女房を大事にできないような男にだけはなりなさんな。

――あんたはおとっつぁんみたいになるんじゃないよ。一生連れ添う嫁を大事にしてやりなさい。

太兵衛が新たな妾を囲うたび、太一郎に言い聞かせた覚えがある。

しかし、嫁を大事にするのと、甘やかすのは違うだろう。お清が言い訳しようとしたら、息子は不意に膝を打つ。

「そう言うおっかさんだって、いまは妻の務めを果たしていないじゃないか」

「おや、聞き捨てならないね。一体何のことさ」

身に覚えがないと、お清は鋭く聞き返す。太一郎は肩をすくめた。

「おとっつぁんに隠し妾がいたと知ってから、墓参りに行っていないだろう」

痛いところを突かれてしまい、お清は口をへの字に曲げた。

隠居した太兵衛は「夫婦水入らずで暮らそう」と言いながら、実の娘より若い妾を妻に隠れて囲っていたのだ。息子も父親の味方をして、妾に手切れ金を運んでいた。お清が二人の裏切りを知ったのは、太兵衛が死んだ後だった。

「一昨日《おととい》の月命日ですらおっかさんが墓参りをしないから、和尚《おしよう》さんが心配なさっている。来月は必ずお参りしておくれ」

お清が黙って目を伏せると、言い負かしたと思ったのだろう。どこか得意げな息子の姿に収まりかけた怒りが再燃した。

嫁の言いなりの甲斐性なしが賢《さか》しらがってえらそうに。

あんたにあたしの何がわかる。

腹の中で怒鳴り返されたことも知らないで、太一郎は離れから出ていった。

二

翌五日は朝からよく晴れていた。

お清は離れに籠もっているのが嫌になり、浅草田原町《たわらまち》にある実家の紙問屋久松屋を訪れることにした。

実の両親はすでに亡く、いまは姉のお安《やす》が娘夫婦と店を守っている。我が子の腹立たしい仕打ちを誰かに聞いてもらうなら、ひとつ違いの姉が一番だ。

以前は気に入らないことがあると、深川に住むお秀のところに行った。親の反対を押し切って浮世絵師と一緒になった娘とは、表向き縁を切っている。それでも孫が生まれてからは、亭主の目を盗んで足しげく会いに行っていた。

実のところ、娘が駆け落ちしてしばらくは「すぐに戻ってくる」と高を括《くく》っていた。どれほど相手に惚れていても、甘やかされて育った娘である。掃除、洗濯などまともにしたことがない上に、三度の膳は用意されて当たり前。贅沢しか知らないお嬢さんに貧乏暮らしができるものかと。

しかし、親の予想を裏切って、お秀は意地を張り通した。

亭主に先立たれた後もやぶ蚊だらけの裏長屋に住み、女手ひとつでひとり娘を育てている。お清は気丈な娘を見直す傍ら、貧しい女所帯を見るに見かねて金を渡してきたのである。

ところが、ここに来て急にお秀の様子が変わった。

押し頂いていた金を断るようになったばかりか、「いまは仕事が忙しい」とお清を追い返そうとする。昨日の仕打ちを打ち明けたって、兄の肩を持ちかねない。

うちの子たちはどうしてこんなに薄情なのかね。自分も親の端くれなら、育ててくれた親の気持ちを察してくれてもいいだろうに。

腹の中でこぼしながら、お清は浅草御門《ごもん》を抜けて大川に沿って北を目指す。

大店の隠居のひとり歩きは物騒だが、お清は隠れて娘の許《もと》に通ううち、身軽なひとり歩きに味を占めた。

いまでは行き先がどこであれ、供を連れずに出かけてしまう。太一郎はうるさいことを言うけれど、改める気はさらさらない。久松屋の前に着くと、手早く着物の衿《えり》や裾を直した。

今日は少々気合を入れて、上品な藤色が美しい仕立て下ろしの京友禅《きょうゆうぜん》に塩瀬《しおぜ》の帯を締めてきた。この装いにいかほど金がかかっているか、姉ならひと目でわかるだろう。

嫁入り前は、姉のお安がうらやましくてたまらなかった。

一年早く生まれただけで跡取り娘ともてはやされ、妹よりも大事にされる。幼い頃はお揃いの着物を着ていたけれど、いつしか差を付けられた。お清には一段劣るものが与えられ、姉より目立つことは許されない。

当時久松屋より格下だった白井屋に嫁ぐことになったのも、父が太兵衛の商才を見込んだだけではない。格上の店に嫁がせると、持参金や嫁入り支度に余計な金がかかるからだ。

年頃の娘に金をかけて着飾らせれば、その分きれいに見えて当然だ。よく似た姉妹でありながら、お清は「歳も見た目も下の方」と陰口を叩かれた。

さらに実家を継げない商家の次男、三男は姉に言い寄ろうとする。その中には「妹と親しくなって橋渡しをさせよう」と考える恥知らずもいた。

特にあの見習いはひどかったね。あたしを姉さんと勘違いした挙句、「騙された」とか言い出してさ。

久松屋は商家にしては庭が広く、植木職人が頻繁に出入りをしていた。そこの見習いが親方の目を盗み、お清に言い寄ってきたのである。

札差《ふださし》の三男坊という触れ込みで見た目は悪くなかったけど、あたしが妹だと知ったとたん、「俺を騙した詫びに姉さんとの仲を取り持て」なんて言うんだもの。あたしから言い寄ったわけじゃないのに、図々しいったらありゃしない。

怒ったお清はすぐさま父に告げ口した。その後、植木職人は人が代わり、かの見習いは破門されたと噂で聞いた。

職人らしからぬ口達者な男だったが、いまはどうしているのやら。

ふと四十年も前のことを思い出し、お清はひとり苦笑する。そして気持ちを切り替えて実家に上がり、姉に昨日のやり取りを打ち明けた。

「あのおとなしい太一郎があんたにそんなことを言ったのかい。変われば変わるもんだねぇ」

よほどびっくりしたと見えて、姉は目を丸くする。かつて似ていると言われた相手の顔をお清は正面からじっと見た。

五年前に亭主を亡くしてから、姉は女主人を名乗っている。

増えた白髪は黒く染め、白粉《おしろい》や紅も欠かさない。着物は臙脂《えんじ》に黒の格子模様で、五十六の後家には派手過ぎる。

本人は昔と変わらないつもりでも、傍目《はため》は違う。人の振り見て我が振り直せ、あたしも気を付けないといけないね。

お清は己を戒めて、姉の方へと身を乗り出した。

「そうなのよ。真面目だけが取り柄だったのに、すっかり嫁の言いなりでさ。誰のおかげで白井屋の主人になれたと思っているのかねぇ」

実の姉妹の気安さでここぞと声を張り上げた。

太一郎は顔こそ父親によく似ているが、中身は至って凡庸だ。妾に出来のいい息子が生まれていたら、跡を継げたかわからない。あたしが非の打ち所のない妻だったから、すんなり跡を継げたのに。母親に隠れて、妾に手切れ金を運ぶなんてあんまりだよ。

息子の裏切りを思い出し、お清は改めて歯ぎしりする。

「こんな思いをするのなら、息子なんて産むんじゃなかった」

「なに馬鹿なことを言ってんのさ。跡取りを産んだから、あんたは白井屋の内儀としていい思いができたんだろう。でなきゃ、妾のひとりに取って代わられていたはずだよ」

せせら笑うように告げられて、今度はお清が目を丸くした。

特に仲がよかったわけではないが、こんなひどい台詞をぶつけられたことはない。しばし呆然としていたら、姉はお清の着物を指さした。

「あんたがそんな高い着物を見せびらかしていられるのは、太兵衛さんのおかげじゃないか。あたしの着物なんて何年着ているか覚えちゃいないよ」

「……今日は姉さんに会うから、仕立て下ろしを着てきたんだよ」

息子の愚痴をこぼしに来て、どうして自分が責められるのか。とまどいながらも言い訳すれば、姉は「おや、そうかい」と口を歪めた。

「あたしは亭主が死んでから、新しい着物なんて一枚も誂えちゃいないけどね。喪中でも高価な着物を仕立てるなんて、繁盛しているお店は違うねぇ」

よほど虫の居所が悪いのか、嫌みたらしくあてこすられる。さすがに腹に据えかねて、お清も不機嫌をあらわにした。

「あたしが白井屋の御新造で、姉さんも助かったはずでしょう。自分が世話になったことは棚に上げて、よく『いい思いができた』なんて言えたわね」

実家の商いが傾くたびに、何度も力を貸してきた。誰のおかげで久松屋が続いていると思っているのか。

お清の怒りを目の当たりにして、姉も口が過ぎたと思ったらしい。気まずげに咳払いを繰り返し、「とにかく」と話を戻す。

「太一郎だってあんたと嫁の間で苦労しているんだ。頭ごなしに責められちゃ、あの子だって立つ瀬がない。ここは母親が息子の顔を立ててやるところじゃないか」

もっともらしく諭されて、お清は二の句が継げなくなる。嫁に行ったことも嫁をもらったこともないくせに、よくそんなことが言えるものだ。

このままここに居続ければ、もっと不快な思いをするだろう。うんざりしたお清が腰を浮かせかけたとき、

「いまだから言うけど、あたしは白井屋に嫁いだあんたがうらやましかったよ」

「えっ」

姉には嫁ぎ先での苦労をさんざん伝えてきたというのに、何がうらやましいのだろう。びっくりして座り直すと、姉は決まり悪げに身動ぎする。

「人一倍甲斐性のある亭主がいて、跡取り息子にも恵まれてさ。あんたは嫁のつらさや亭主の女遊びをしきりと嘆いていたけれど、あたしは出来の悪い婿と一緒になって、もっと大変だったんだから」

姉の亭主は大きな紙問屋の次男だった。

同業の大店同士が身内になれば、商いの上で都合がいい。そんな思惑でまとまった縁談だったと聞いている。

しかし、義妹の嫁ぎ先が繁盛しているのに刺激され、義兄は次第に堅実な商いを嫌うようになったとか。

「紙と筆墨は縁が深い。うちの亭主は何かにつけて太兵衛さんと比べられてね。むきになって張り合ったのがケチのつき始めというわけさ」

姉は会うたびに義兄の商い下手を嘆いていたが、そんな話は初耳だ。お清が「どうして止めなかったの」と呆れれば、姉はわずかに眉を寄せる。

「そりゃ、うちの亭主にも男としての意地がある。あたしと一緒になって久松屋を継いだ以上、義理の弟に負けたくないじゃないか」

「だからって……」

男の意地で婿入り先を傾かされてはかなわない。お清がそう思っていると、姉はため息混じりに続けた。

「あたしはそんな亭主の尻ぬぐいで、いまも帳場に座っていなきゃならないんだ。あんたが高価な着物を着て、遊び歩いていられるのは誰のおかげさ。文句なんて言ったら罰が当たるよ」

姉の本音を耳にして、お清の胸は芯から冷えた。

あたしの血を吐くような嘆きはすべて聞き流されていたんだね。妻として母として精一杯尽くしたことなんて、姉さんはこれっぽっちも認めていやしないんだ。

恐らく、お秀や太一郎も姉と同じ考えだろう。

太兵衛が死んでから、自分に対する扱いがぞんざいになったのがその証拠だ。

赤の他人ならいざ知らず、血のつながった身内に侮られていたなんて……。自分の世話になったとは誰ひとり思っていないのか。

太一郎が麻疹《はしか》にかかったときはなかなか熱が下がらなくて、三日三晩そばについていた。お秀が駆け落ちしたときは、亭主に土下座して本勘当だけは思いとどまらせた。その後も陰ながら気にかけて、子が生まれたと知ると矢も盾もたまらず駆けつけた。

姉はお秀の駆け落ちを知るなり、「母親の育て方が悪いからだ」と頭ごなしにお清を責めた。一時は行き来もなくなったが、久松屋が困っていると知れば、太兵衛に頼んで金を融通してやった。

もし自分が何もしなければ、いまごろどうなっていたことか。お清は怒りのあまり食って掛かった。

「どうして罰が当たるんだい。白井屋太兵衛が大商人になれたのは、あたしと一緒になったおかげじゃないか。姉さんにあたしの代わりは務まらないよ」

「何だって」

「姉さんは義兄《にい》さんばかり悪く言うけど、夫婦は一蓮托生《いちれんたくしょう》だ。店が傾いた責任を義兄さんひとりのせいにしなさんな」

店は夫婦で支えるものだと言い返せば、姉の顔がこわばった。

「あんたは亭主に稼がせて、子育てをしただけじゃないか。商いのことなんてこれっぱかりも知らないくせに、知ったふうな口を叩くんじゃないよっ」

痛いところを突かれたせいか、姉が声を荒らげる。お清はお返しとばかりにせせら笑った。

「それはお互い様だろう。実家を継いだ姉さんは嫁のつらさなんて知らないくせに」

「だったら何だい。親からもらった身代を守るため、あたしがどれほど苦労したと思ってんのさ」

「身代を守ると言うわりに、ちっとも守れていないじゃないか。姉さんが跡を継いでから、久松屋は傾く一方だよ」

売り言葉に買い言葉、五十を過ぎた姉妹が目を吊り上げて言い争う。我ながらみっともないと思ったけれど、お清の口は止まらなかった。

「自分は女主人として居座っておいて、『息子の顔を立てろ』だなんてよく言えたね。あたしにとやかく言う前に、お染《そめ》夫婦に早く身代を譲っておやり」

姉の亭主が死んだ五年前、姪のお染は二十二、手代上がりの婿も二十五だった。当時は若すぎたかもしれないが、いまなら歳に不足はない。

「婆さんが帳場で大きな顔をしているよりも、婿に任せてしまったほうが繁盛するんじゃないのかい。母親と婿の間に立たされて、お染だって肩身が狭いだろう」

前から思っていたことをここぞとばかりにぶちまける。姉は般若《はんにゃ》のような顔つきになり、憎々しげに吐き捨てた。

「そうやって減らず口ばかり叩くから、太兵衛さんはよそに女を作るのさ」

お清は一瞬呼吸《いき》を忘れ、身動ぎすらできなくなる。姉妹で何度となく口喧嘩はしてきたけれど、この台詞が一番効いた。

しかし、ここで動揺したらこっちの負けである。お清は下っ腹に力を込めた。

「そういう姉さんは、亭主が婿養子でよかったわねぇ。家付き娘が怖くって、義兄さんは女遊びもできなかったもの」

「お清っ」

怒鳴る姉に背を向けて、お清は実家を後にした。

三

まったく、どいつもこいつも腹の立つ！

あたしを何だと思っているのさ。

お天道様はいまなお高く、腹の虫は収まらない。お清は足取りも荒々しく、向かい風の吹く中を浅草寺《せんそうじ》へ行くことにした。

思えば、昔からそうだった。

親や奉公人からは常に後回しにされていても、御仏《みほとけ》は等しく慈悲を与えてくださる。そんな思いに背中を押され、気に入らないことがあるたびに、観音様に手を合わせて心の安寧を得てきたのだ。

しかし、嫁いでからは忙しく、出歩くことができなくなった。白井屋が浅草にあったときはまだしも、通油町に越してからは足が遠のいていたのである。

この辺りを歩くのも久しぶりだね。一体何年ぶりだろう。

そぞろ歩いているうちに、沸き立っていた怒りも徐々に落ち着いてきた。今日は風が強くて冷えるけれど、門前のにぎわいは相変わらずだ。

でも、見覚えのない店がやけに多い気がするね。前にここにあった店はどうなったのか。

束《つか》の間首を傾《かし》げたが、答えはすぐに思いつく。消えた店のほとんどは、商いがうまくいかなくて暖簾《のれん》を下ろしたに違いない。

人の集まる盛り場は借地代や店賃が高くつく。客の入りが悪くなれば、すぐに店を畳んでしまう。

意地になって続けると、借金で首が回らなくなる。繁盛してさらに大きな店に移るなんて、百にひとつもないはずだ。

その百にひとつもないことを白井屋太兵衛は成し遂げた。

亭主が秀でた商人だったことは、お清だって重々認めている。

それでも、白井屋が大きくなった裏には自分の内助の功もあったはずだ。他の女が嫁いでいれば、意地悪な姑ともっと揉めただろう。

あたしだから底意地の悪い嫌がらせにも黙って耐えられたんだ。お真紀みたいな嫁だったら、二六時中亭主に泣きついて商いどころじゃなかったはずだよ。

悔し紛れに思ったとき、ふと姉の言葉がよみがえった。

——そうやって減らず口ばかり叩くから、太兵衛さんはよそに女を作るのさ。

ひょっとして、実の息子もそう思っているのだろうか。長らく亭主の女遊びに耐えたのは、我が子のためだったのに。

太一郎が「母は父のおかげで楽をしている」「母が至らないから、父は妾を囲っている」と思っているのなら、これまでの忍耐はどうなるのか。

母親なら、我が子を育てる義務がある。恩に着せるつもりはないが、見下されるのは我慢ならない。

太兵衛は商人としては立派でも、父親としてはろくでもなかった。子供と出かける代わりに、妾と物見遊山に行ったのだから。

太一郎やお秀から「おとっつぁんはどこに行ったの」と尋ねられるたび、「おとっつぁんはあんたたちのために、今日も商いに励んでいるんだよ」とごまかした。

それでも長じるにつれて、二人は察するものがあったらしい。父親に厳しい目を向けるようになったのに、太一郎は店を手伝い始めるなり「おとっつぁんはすごい」と言い出した。

男は商人として秀でていれば、他はどうでもいいのだろうか。

女は妻として、母として、嫁として、すべてできて当たり前とされるのに。

望んで女に生まれたわけではないのに、この差は一体何なのか。我が身を恨めしく思ったとき、近くの小屋から耳障りな笑い声がした。

こっちが打ちひしがれているときに、どこのどいつが呑気《のんき》に笑っているんだか。癪に障るったらありゃしない。

お清は理不尽な怒りを覚え、ふらふらと小屋に近づいていく。いかにも暇そうな木戸番がこっちに気付いて手を打った。

「御新造さん、ちょうどいいところに来なすった。これからトリの師匠が高座に上がるんでさ。木戸銭は半分にまけやすから、聴いていっておくんなせぇ。抱腹絶倒間違いなし、浮世の憂さが晴れやすぜ」

木戸番の後ろには「喜楽亭《きらくてい》」の看板が掲げられている。派手な笑い声が響いていたのは、ここが寄席《よせ》だったからのようだ。

寄席は町人に人気の娯楽場だが、お清は足を踏み入れたことなどない。木戸番もお清の身なりから、「人前で大口を開けて笑うような老女ではない」と察しをつけたはずである。それでも声をかけてきたのは、よほどやつれて見えたからか。

ふん、あたしを憐れむなんて百年早いよ。

なにが「抱腹絶倒間違いなし」だ。たかが笑い話で浮世の憂さが晴れるなら、誰も苦労はしやしないさ。

腹の中で悪態を吐《つ》けば、またも大きな笑い声がした。一体何が楽しくて、そんなに笑うことができるのか。

こうなりゃ、あたしも噺《はなし》を聴いてやろうじゃないか。面白くなかったら、木戸銭を返してもらうからね。

お清はそう決心すると、鼻息も荒く中へ入る。ちょうど一席終わったところのようで、羽織を抱えた噺家が高座を下がるところだった。

すぐに出囃子《でばやし》が切り替わり、「待ってました」の声が飛ぶ。ほどなく白髪頭の噺家がゆっくりと現れて高座に座る。お清は草履《ぞうり》をはいたまま寄席の一番後ろに立ち、やや意外な思いで噺家を見た。

閉めきっている小屋の中は昼間でも薄暗い。噺家の人相はよく見えないが、髪の白さからして自分よりも年上だろう。果たして、こんな年寄りに満座の客を笑わせることができるのか。人前に出るなら、髪くらい染めればいいものを。つまらない噺を聴かせたら、途中で出ていってやるからね。

誰も後ろを振り返らないのをいいことに、お清は腕を組んで顎を突き出す。ややして、噺家が口を開いた。

「ええ、今昔亭酔笑《こんじやくていよいしょう》でございます。本日はお忙しいところをお運びいただき、誠にありがとうございます――と言うべきかもしれないが、日も高いうちから寄席に来る客がこんなにいるなんて世も末だね。『育て方を間違えた』と、家でおっかさんが泣いてるよっ」

いきなり噺家に貶《けな》されて、お清は目を丸くする。

芸人はここにいる客のおかげで食べていけるのだ。天に唾する物言いにむかっ腹を立てていたら、他にもそう思った客がいたらしい。「俺のおふくろはもう死んだぞ」と怒ったような声が飛んだ。

「なら、おまえさんの母親は草葉の陰で泣いてんだな」

酔笑はすかさず言い返し、他の客から笑いが起こる。その笑いが収まったところで、噺家は扇子《せんす》を膝に打ち付けた。

「人は一所懸命に働くのが美徳とされておりますが、誰もが稼業に精を出せばいいってもんじゃありません。吉原《なか》の女郎がやる気を出すと、放蕩《ほうとう》息子が増えちまう。噺家も面白すぎる噺をすると、客が毎日寄席に来て働かなくなっちまう。女郎や芸人はほどほどに手を抜いたほうが、世のため人のためになる」

何ともふざけた言い草だが、変に納得してしまう。「もっと真面目にやれ」と笑い混じりのヤジが飛び、酔笑は不意に真顔になった。

「とはいえ、真面目に働かれて一番困るのは、何と言っても悪党の類でございます。辻斬《つじぎ》りが夜な夜な人殺しに励み、盗人が盗みに精を出すようになったら、あたしらはたまったもんじゃない」

言うなり客の人相を確かめるように、ぐるりと見回す。お清は一瞬、酔笑と目が合ったような気になった。

「ちなみに悪党というのは、おつむが悪いとできない稼業でございます。寄席で馬鹿な噺を聴いて笑っているような人はまず悪党になれません。たとえ悪事を働いても、すぐにお縄になっちまう」

笑顔で毒を吐く酔笑に客たちがどっと笑う。そして、年老いた噺家は働き者のコソ泥と母親の噺を始めた。

「おっかさん、今日は頑張って五軒の家からお宝を頂戴してきましたよ」

「五軒も盗みを働いて、えらそうに胸を張るんじゃないよっ。どうしてまっとうに働いてくれないのさ」

「そんなことを言ったって、死んだおとっつぁんだって盗人だったでしょう。あたしの盗みの技は、おとっつぁん譲りなんですよ。この技は子々孫々まで受け継いでいかないと」

「馬鹿なことを言うんじゃないよ。あたしはあの人が盗人だなんて知らなかった。女房や子のために真面目に働いていると思っていたのに……」

「ええ、おとっつぁんは真面目に盗みを働いて、あたしたちを養ってくれました」

「だから、悪事は真面目にするもんじゃないんだよ」

酔笑は声色やしぐさを使い分け、母と子のやり取りを巧みに演じる。どこまでもすれ違う母子のやり取りの滑稽さに、お清もいつしか声を上げて笑っていた。

その後、息子は母に「盗人をやめる」と約束するが、その約束は守られなかった。血相を変えて詰め寄る母に息子は平然と言い返す。

「おっかさん、嘘つきは泥棒の始まりで、あいにく終わりじゃありません」

噺家はサゲを得意げに言い、頭を下げる。客が熱心に手を叩く中、お清は真っ先に寄席を出た。

大きな声で笑ったせいか、さっきよりも胸が軽い。浮世の憂さが晴れるというのは、まんざら嘘でもなかったようだ。

しかし、噺が終わってしまえば、嫌でも我に返ってしまう。改めて自分の人生を振り返り、お清はため息をつかずにいられなかった。

女の人生は亭主次第だ。

自分は傍から見る限り、さぞ恵まれて見えるだろう。

しかし、その中身は何と空しく、みじめなことか。

亭主が隠居するまでは着物や帯、下帯の果てまで気を配り、成り上がりの狸顔でも大店の主人らしく見えるようにしてやった。家内のことで亭主を煩《わずら》わせたのは、お秀の駆け落ちが初めてだったのに……。

お清はふらつく足を引きずって、目に付いた茶店の床几《しょうぎ》に腰を下ろした。

「いらっしゃいまし。何にいたしましょう」

「そうだね。甘酒をもらおうか」

太兵衛は酒飲みのくせに、甘いものも好きだった。お清は甘酒の入った湯呑を受け取り、力なく目を閉じる。

世間が何と言おうとも、太兵衛だけは妻の苦労を知っていた。そうでなければ、「女房孝行をさせてくれ」とわざわざ言い出さないだろう。

その一言を聞いたとき、お清は「報われた」と思ったのだ。口では「何をいまさら」と言いながら、本当は涙が出るほどうれしかった。

妾が何人いようとも、最期までそばにいたのは自分だけ。

そう信じていたからこそ、隠れて妾を囲っていたと知って絶望した。

商人は信用第一だなんて嘘ばっかり。

長年連れ添った妻に最後まで嘘をついてどうするのさ。

しかも、太一郎は「おとっつぁんはおっかさんを思い、妾のことを隠していた」と言ったのだ。本当のやさしさは人に誠実であることだろう。男はどこまで身勝手なのかと、お清は目を閉じたまま甘酒を干す。

そういえば、蕎麦屋の杉次郎さんも案外見掛け倒しだったっけ。ひとり娘を大事に思うなら、あたしみたいな上客を断るべきじゃないだろうに。

太兵衛の裏切りを知った後、お清は孫のお美代に手を引かれて永代橋近くの屋台に行った。そこの主人は元武家で、妻に逃げられてから男手ひとつでお美代と同じ歳の娘を育てていた。

杉次郎がどういう事情で刀を捨てたか知らないけれど、妻に裏切られた屈辱は町人以上に強いだろう。長年連れ添った亭主に裏切られた悔しさを、この人ならきっとわかってくれる――お清はそう思い込み、頻繁に足を運んだのだ。

しかし、身なりのいい老女が屋台の蕎麦屋に通えば目立つ。外聞を気にする杉次郎から「もう来ないでくだせぇ」と頭を下げられたとき、お清は逃げた妻の気持ちがわかった気がした。所詮、杉次郎も己のことが一番の冷たい男に過ぎないのだ。

周りが自分の働きを認めないなら、もう遠慮なんてするものか。残り少ない人生を好き勝手に生きてやる。

空の湯呑を握りしめ、お清がそう決心したとき、

「ああ、よかった。ここに居ましたか」

どこかで聞いたような声に顔を上げれば、さっきまで高座にいた今昔亭酔笑が目の前に立っている。

まるで自分を追ってきたような口ぶりに、お清は目を白黒させた。

「あの、お人違いじゃございませんか」

噺の最中に一度目が合った気もするが、今日が初対面の二人である。

若いときならいざ知らず、互いに白髪頭の年寄りだ。さすがに一目惚れはないだろう。それとも、何か落とし物でもしただろうかと思っていたら、

「人違いじゃありませんよ。おまえさんは久松屋のお清さんだろう」

「えっ」

五十五のいまになって、「久松屋のお清さん」と呼ばれるなんて……。

お清は驚きのあまり目を剝いて、穴が開くほど噺家の顔を見つめてしまった。

四

老いというのは残酷なものだ。

張りのあった肌にしわが寄り、だんだんシミも増えてくる。腰や膝も曲がってしまい、顔の造りは変わらなくとも見た目は別人のようになる。

自分を「久松屋のお清さん」と呼ぶからには、目の前の噺家は嫁入り前の知り合いだろう。しかし、若かりし日の姿は浮かばなかった。

姉さんだって美人と言われたかつての面影なんてありゃしない。この人も彫りの深い顔をしているし、昔は見栄えがしたんだろうけどね。

己のことは神棚に上げ、お清はしばし考える。それでもわからなくて黙っていたら、これ見よがしに嘆息された。

「まあ、無理もないかもしれません。こうしてお会いするのは四十年ぶりになりますから」

酔笑はそう言って、お清の隣に腰を下ろす。そして、赤い前掛けの娘に茶を頼み、一口飲んでから口を開いた。

「前々からぜひ一度、お話ししたいと思っておりました。まさか、お清さんのほうからあたしの噺を聴きに来てくれるとは……これも観音様のお導きでござんすかねぇ」

別にこの男の噺を聴きたくて寄席に行ったわけではない。腹の中で言い返せば、相手は居住まいを正して湯呑を置いた。

「ところで、今日はおひとりですか」

「え、ええ」

「おや、それはいけません。いくら日が高くとも、昨今は何かと物騒です。白井屋ほどの大店でしたら、御隠居さんのひとり歩きは控えませんと」

白井屋に嫁いだことを知っているなら、どうして実家の名を出したのか。相手の意図が摑《つか》めなくて、お清は知らず眉を寄せた。

「こっちは暇な隠居の身です。見た目はただの婆さんだし、供なんて邪魔なだけですよ。それより、あたしとは本当に知り合いだったんですか」

苛立ちを隠さず言い返せば、噺家は残念そうに肩をすくめる。

「できれば、お清さんに思い出してほしかったんですがね。あたしはいまでこそ噺家ですが、四十年前は植木職人の見習いをしておりました」

「えっ」

「久松屋さんにも出入りしておりまして、そこでお清さんと知り合ったんでございます」

意味ありげに笑う横顔に、紺の半纏《はんてん》を着ていたかつての面影が重なった。相手の正体がようやくわかり、お清はとっさに口を押さえる。

「おまえさん、札差の三男坊の……」

「はい、久松屋のお嬢さんにちょっかいを出し、親方に破門されたケチな男でございます。その節はご迷惑をおかけしまして、誠に申し訳ございません」

座ったまま頭を下げられて、お清は肌寒い中にもかかわらず、京友禅の下で冷や汗をかく。

酔笑が嘶家になったのは、親方に破門されたからだろう。

あたしの告げ口を恨みに思い、いまになって文句を言おうってのかい。男のくせに執念深いにもほどがあるよ。

そっちが姉と間違えて口説いた挙句、言いがかりをつけてきたくせに。逆恨みも大概にしてくれと、お清はこっそり身構える。

一方、嘶家は笑みを浮かべて話し続けた。

札差は儲けの大きい商売とはいえ、跡取りの長男、控えの次男がいればいい。実家に居場所のない三男は否応なしに植木職人の弟子にさせられたそうだ。

「あたしのように浮ついた輩《やから》は商人に向かないと、父に言われてしまいまして。なぜ植木職人かってぇと、武家屋敷に出入りするからでございます。札差は旗本御家人相手の商売ですが、この世に二本差くらい信用できない相手はございません。父はあたしを植木屋にして、客の懐具合を探らせようとしたんですよ」

とことん食い詰めた旗本は庭木の手入れなどしないので、外から見ても貧しい内証がうかがえる。

だが、その手前の連中は三度の食事を二度にして外見だけは取り繕う。こういう輩に追い貸しすると、踏み倒されることが多いとか。

「幕府は旗本の味方ですから、札差は泣き寝入りです。しかし、金を貸さないことには商売になりません。そこで身内を植木屋にして内証を探らせようという父の狙いそのものはよかったんでございますがね」

甘やかされて育った末っ子は職人に向いていなかった。

何しろ根っから遊び好きで、黙っているのが苦手な性質《たち》だ。高い木に登り、ひとりで鋏《はさみ》を使うなんて耐えられない。そこで「家付き娘に言い寄って、婿に納まればいい」と考えたとか。

「婿入り先さえ見つかれば、親父も文句はあるまいと思いまして。だが、跡取り娘と勘違いして、お清さんに言い寄ったのが運の尽き。久松屋の跡取り娘は美人な方だと聞いていたから、間違いないと思ったのに」

「いまさら、見え透いたお世辞は結構だよ」

噺家をしているだけあって、酔笑はさすがに口がうまい。

そんなおだてに乗るものかと、お清はぴしゃりとはねつける。相手は苦笑して首を横に振った。

「本心なんですが、そう思われても仕方がない。とにもかくにもおまえさんの告げ口で親方に縁を切られてしまい、実家の父親からも役立たずと罵られ、家を追い出されたんですよ」

　末っ子に甘い母親が多少の金を持たせてくれたが、そんなものはすぐになくなってしまう。とうとう木賃宿にも泊まれなくなり、困り果てた酔笑は父親がよく行く料理屋をこっそり見張ることにした。そして、やってきた父親を捕まえて、必死で頭を下げたそうだ。

「そのときの父の連れが噺家でしてね。あたしが無我夢中でまくし立てていましたら、なぜか感心されたんです」

　――誰に似たのか知らないが、これだけ減らず口を叩けるのはたいしたもんです。案外、噺家としてモノになるかもしれません。手に職が付けられないなら、口に付けたらいいでしょう。

　肝心の父親は終始険しい顔をしていたが、師匠が「面倒を見る」と申し出ると、意外にもあっさり承知した。このまま野放しにしておいて、縄付きにでもなられたら困ると思ったに違いない。

「あたしも身体を使うより、座ってできる噺家のほうがはるかにましだと思いまして。何より師匠にくっついていれば、飯と寝るところには困りません。その場で弟子入りしましたよ」

　そんな成り行きで始まった噺家修業が順調に進むわけがない。

　それでも後のない酔笑は懸命に稽古に励み、名の知られた噺家になることができたという。

「おかげでこのような白髪頭になっても、高座に上がっていられます。これまでいろんなことがありましたが、折に触れてお清さんのことを思い出しましたよ」

「……どうしてです」

「おまえさんが親に告げ口をしなければ、あたしが噺家になることはなかったからね。今昔亭酔笑が生まれたのは、おまえさんのおかげです」

笑いながら礼を言われ、お清は言葉を失った。

もちろん、掛け値なしの感謝でないことはわかっている。

だが、嫌み混じりであったとしても「お清のおかげだ」と思っているのは、まんざら嘘ではなさそうだ。

こんな人から「おまえさんのおかげだ」と言われるなんて……。身内は誰ひとり感謝なんてしていないのに。

尽くした相手にはそっぽを向かれ、恨まれているはずの相手からこんな台詞を聞くなんて、自分の人生はどこまでも皮肉にできている。

ここは怒っていいのか、笑っていいのか、それとも謝るべきなのか。お清が両手で顔を覆うと、噺家はうろたえたような声を出す。

「お清さん、気を悪くされましたか」

「いいえ、そんなことはないけれど……」

お清は言葉を濁しつつ、身内と仲違《なかたが》いしていることを打ち明ける。噺家はしたり顔でうなずいた。

「人なんて勝手なものですから。そう言うお清さんだって絶えず親に感謝しているわけでもないでしょう」

「そんなことは……」

ないと続けようとして、お清は続けられなくなる。

考えてみれば、自分だっていつも親に感謝しているわけではない。「跡取りの姉ばかり大事にした」と恨みに思うことが多々あった。

でも、あたしは二人の子をどっちも大事に育てたし、面と向かって実の親に逆らったこともないはずよ。

とっさに腹の中で言い訳するも、なぜか都合の悪いことばかり頭に浮かぶ。年を取ると昔のことが鮮明によみがえるのはどうしてだろう。

こっちの焦りを察したように、酔笑が笑いながら手を振った。

「あたしだっていまは感謝しておりますが、仕事がうまくいかないときはお清さんを恨んだもんです。生きている人の心は定まらないものですよ」

そんなふうに言われると、思い当たることがたくさんある。不承不承うなずけば、相手は気まずげに頭をかいた。

「実を言うと、あたしも白井屋の旦那に告げ口したことがあるんです。あれは十五年、いやもっと前になりますか」

人気芸人となった酔笑は調子に乗って遊んだ挙句、性質の悪い女に引っかかった。その女の情夫につきまとわれて寄席をしくじり、人気に陰りが出始めた。

そんなときに贔屓《ひいき》筋から白井屋太兵衛を紹介されたという。

「白井屋がお清さんの嫁ぎ先で繁盛していることは知っておりました。愛想のいい太兵衛旦那を前にしたら、恨み心がうずきましてね。『嫁入り前のお清さんといい仲だった』と耳打ちしたんです」

聞き捨てならない打ち明け話に、お清は床几から立ち上がる。

自分の告げ口とは違い、酔笑の告げ口は嘘八百だ。怒りもあらわに詰め寄れば、噺家は「まあ、落ち着いて」となだめにかかった。

「心配することはありません。旦那はあたしごときの言うことなんて相手にしませんでしたから」

さらに「妻の評判に傷をつけたら、ただじゃ置かない」と凄まれて、酔笑は震え上がったそうだ。

「太兵衛旦那は女好きだと聞いていたので、笑って聞き流してくれると思ったんですがねぇ。あたしの贔屓も驚いたのか、『おまえさんのような女好きでも、御新造さんは大事かい』と旦那をからかったんです」

すると、太兵衛は大真面目に「当たり前です」と返したとか。

――妾の代わりはいるけれど、妻の代わりはいないからね。

その言葉を聞いた酔笑は、二度と白井屋に近づくまいと決めたそうだ。

「ですが、怖い旦那が亡くなったと聞き、折があればと思っておりました。今日はお目にかかれて幸いでした」

語られる話があまりにも予想外で、お清の頭はついていけない。まるで尻餅をつくように床几に座り直してしまった。

いまの話が本当なら、太兵衛は妻を大事に思っていたことになる。そんな馬鹿な、と言いかけて、太一郎の言葉を思い出した。

――おとっつぁんが妾のことを黙っていたのは、おっかさんを傷つけたくなかったからです。おっかさんを思えばこそですよ。

隠居後も妾がいたと知ったとき、お清は怒りに任せて死んだ太兵衛を罵った。太一郎はそれを聞き咎《とが》め、亭主の味方をしたのである。

あのときは腹の中が煮えくり返り、居ても立ってもいられなかった。

だが、酔笑の話を聞いたいまならば、太一郎の言い分を信じてやってもいいかもしれない。

困った女好きだったけれど、亭主は亭主なりに妻を思っていたのだろう。

もちろん、噺家は舌先三寸の商売だ。

お清の機嫌を取るために、口から出まかせを言ったのかもしれない。

それでも、自分は救われたのだ。

死んだ亭主とこの人が「あたしのおかげ」と思っているなら、あたしは少なくとも二人の男の人生を変えたことになる。妻として大商人を支えたばかりか、人気の噺家が生まれるきっかけになるなんて、あたしの人生もまんざら捨てたもんじゃない。

お清が胸の中で折り合いをつけると、酔笑が身を乗り出してきた。

「おや、声をかけたときはひどく顔色が悪かったのに、頬に赤みが差してきましたね」

「あら、そうですか」

澄ました顔で答えつつ、お清は両手で頬を押さえる。自分は案外思ったことがそのまま顔に出るらしい。

「これからは昔馴染みとして、どうぞ贔屓にしてくださいまし。あたしもこの歳ですし、いつまで噺をできるかわかりませんので」

恐らくこの台詞を言いたくて、酔笑は自分を追いかけてきたのだろう。ちゃっかりしていると思ったが、嫌な気分はしなかった。

お清は笑顔でうなずいた。

「ええ、そうさせてもらいます。今日はおまえさんの噺を聴いて、しっかり笑わせてもらいました」

若かりし日の悪縁がこんな形でつながるなんて。人生はままならないが、悪いことばかりではないらしい。
　来月の月命日は亭主の墓参りに行ってやろう。
　お清は床几に座ったまま、西の空に目を向けた。

第三話　誰《た》がために

四代目主人　太一郎

一

白井屋の初代太四郎《たしろう》は、若くして「名人」と呼ばれた筆作り職人だったという。

とかく腕のいい職人は仕事の出来にこだわるあまり、手間暇をかけすぎるきらいがある。太四郎もまた多分に漏れず、期限に遅れることがままあった。

焦《じ》れた親方から「もっと早く作れ」と急《せ》かされると、かえって細かなしくじりが増えてしまう。それを一から作り直し、さらに親方を苛立たせる羽目に陥った。

——この俺が十分だと言っているのに、どうして一から作り直す。これ以上仕事が遅れるなら、おめぇとは縁切りだ。

すでに独り立ちしていようとも、世話になった親方の言うことは絶対だ。

しかし、頑固な太四郎は従わず、怒った親方は筆問屋に手を回して太四郎の筆を締め出した。どんなにいい筆を作ろうと、売れなければ暮らせない。すぐに音を上げるだろうと思っていたら、太四郎はまたもや思いがけない行動に出た。自分の住む長屋に「筆のしろや」という看板を勝手にぶらさげたのである。

問屋が筆を引き取らないなら、自らの手で売ればいい。太四郎はそう考えたものの、職人が片手間にする商いだ。しかも、親方と揉めた他の職人からも頼りにされて身動きが取れなくなったとき、太四郎の息子の吉兵衛《きちべえ》が「俺が売ってやる」と言い出した。

しろや改め、白井屋の二代目となった吉兵衛は、太四郎の筆と併せて他の職人の筆と墨も売り、父親が死ぬ前に表通りの店を構えた。その後も順調に商いを広げ、潰れかかった筆墨問屋から問屋株を譲り受けて間もなく急な病で亡くなった。

その跡を継いだのが、太一郎の父である三代目太兵衛である。

太兵衛は親勝りの商い上手で、父が遺《のこ》した白井屋を立派な筆墨問屋に育て上げた。

そんな父が「隠居する」と言い出したとき、当時の番頭や奉公人は血相を変えて引き止めた。

――旦那様はまだお元気ではありませんか。隠居するのは早すぎます。

――こう言っては何ですが、若旦那は頼りになりません。後三年は主人を名乗ってくださいまし。

跡取りの太一郎はそんなことを言われても、気を悪くしたりしなかった。自分が番頭の立場でも同じことを言っただろう。

いまどきは還暦を過ぎても居座る主人だってめずらしくない。おとっつぁんは五十五だし、もっと働けばいいんだよ。

当時、太一郎は三十歳。

十五から店の手伝いを始め、商いは一通り学んでいる。いずれ父に代わって白井屋の主人となる覚悟はあったけれど、もうしばらく気楽な若旦那でいたかった。

一方、父はそんな周囲の懇願に一切耳を貸さなかった。

——わしが主人となったとき、助けてくれる父親はいなかった。太一郎が頼りないと思うなら、なおさら早いほうがいい。わしが生きている間なら、多少のしくじりは取り返せる。死んでからではどうにもならんぞ。

そう言われてしまっては、太一郎はもちろん番頭も引き下がらざるを得なかった。

二代目の急死によって、父が主人となったのは三十一のときである。

誰もが認める商い上手の父ですら、跡を継いでしばらくは不安で夜も眠れなかったそうだ。そのときの苦労を踏まえ、「息子が三十になっても生きていたら、隠居して店と息子を見守ろう」とあらかじめ決めていたのだろう。

そして、太一郎はつつがなく白井屋の四代目主人となった。

人たらしで勘と度胸が売りの父と違い、太一郎はよく言えば慎重、悪く言えば臆病だ。特別な閃《ひらめ》きもなければ、人を見る目も自信がない。己の分を弁《わきま》えて、父に教わった商いを忠実に守ってきた。

しかし、父が亡くなると、徐々に周りの態度が変わった。

——手前どもが扱う南都《なんと》の墨は他からも引き合いが来ております。いままで通りの数を融通するのは、少々難しくなりました。

——先代にはお世話になりましたが、こちらも商売でございます。より高値で引き取ると言う相手がいれば、そちらに売るのが筋でしょう。

——あたしのほうが商人としては古株だ。いままでは太兵衛さんの顔に免じて大目に見てきたけれど、もう親の七光りは通じないよ。

——俺にも職人としての意地がある。目利きの三代目ならいざ知らず、旦那に筆の良し悪しをとやかく言われる覚えはござんせん。

初めて耳にする言葉の数々に、太一郎はうろたえた。

ここで下手に言い返せば、ますます相手を怒らせる。だからと言って、相手の言いなりでは白井屋の商いが危うくなる。一体どうすればいいのかと、日に日に悩みを深めていった。

せっかく早めに跡を継いでも、これじゃ意味がないじゃないか。なし崩しに店が傾いたら、あの世のおとっつぁんに合わせる顔がないよ。

商人として父に及ばないことは、自分でも重々承知していた。

それでも父が亡くなるまでは、「さすがは白井屋さんの跡取りだ」とか、「代替わりしても安泰だね」とほめられることが多かったのだ。

あれは自分を認めていたのではなく、父におもねっていただけか。知らぬ間に思い上がっていたのだと、いまさらながら思い知る。

俺は出来が悪いわけじゃない。

おとっつぁんが出来過ぎたんだ。

太一郎は鏡に映る己の顔を見るたび、そう思わずにいられなかった。


親は我が子を思えばこそ、あえて厳しくするものだ。

まして一之助はひとりっ子で、白井屋を継ぐことが決まっている。賢く強くならないと、大店の主人は務まらない。

それなのに、青物屋の小倅を怖がってどうするのさ。おっかさんじゃなくとも先が思いやられるよ。

店の帳場に座りながら、太一郎は今日もため息をつく。このところ夫婦の間で、子育てを巡って言い争うことが増えてしまった。

手習い所でいじめられていると知ってから、一之助の送り迎えは強面の手代にさせている。手代が睨みを利かせたおかげで、周りはおとなしくなったと聞いているのに、一之助はいまも元気がない。妻のお真紀はひとり息子を心配して、「手習い所を替えましょう」と言い出した。

しかし、太一郎はそれを認めなかった。

つらいことから逃げていては、ますます踏ん張りが利かなくなる。困難に立ち向かい、乗り越える強さがなかったら、立派な五代目になれるものか。

――他の手習い所にもガキ大将はいる。青物屋の勘太に腕っぷしでかなわないなら、頭のよさで見返してやれ。

覇気《はき》のない我が子が歯がゆくて、顔を見るたび叱咤《しった》せずにいられない。一之助はその都度力なくうなずくだけだった。

あのおっかさんが少しおとなしくなったんだ。これ以上、家内で揉めるのは御免だよ。それでなくとも商いがうまくいかなくて、こっちは頭が痛いんだから。

母は何を思ったか、年寄りの噺家を気に入って寄席に通いつめている。

これも外聞がいいとは言い難いが、屋台の蕎麦屋に通いつめ、そこの主人と親しくされるよりましだろう。互いに明日をも知れない年寄りなら、いまさら一緒になろうとはしないはずだ。後はひとり歩きをやめてくれれば、さらにありがたいのだが……。

そもそもお真紀が甘やかすから、一之助が出来損なうんじゃないか。子育ては女親の仕事なのに、何をしているんだか。

母の前ではお真紀の味方をするけれど、本音は母と変わらない。筆を片手に唸《うな》っていると、大番頭の善吉《ぜんきち》が寄ってきた。

「旦那様、もしや帳面に間違いでもございましたか」

しかめっ面で帳場に居続ける主人を見て、いささか不安を覚えたらしい。太一郎は「そうじゃないよ」と苦笑する。

「俺の悩みは商いのことじゃない。心配をかけて悪かったね」

「でしたら、その悩みとやらを手前にお聞かせくださいまし。これでも旦那様より長く生きております。お役に立てるかもしれません」

商いのことではないと知って安堵《あんど》したのか、大番頭の肩から力が抜ける。太一郎は死んだ父より二つ上の相手をじっと見た。

かつて、父は忠義者の番頭に所帯を持たせようとしたことがある。

だが、「いまさら女房子を持つのは面倒です」と本人に断られてしまったとか。そんな商い一途の奉公人に子育ての悩みを打ち明けて、役に立つ話を聞けるだろうか。

望み薄だと思う反面、一之助は白井屋の跡取りである。大番頭の意見も聞くべきかと、ためらいがちに口を開いた。

「実は一之助のことが悩みの種でね。甘やかしたつもりはないのに、どうしてあんなに弱虫なのか」

親の欲目かもしれないが、一之助は物覚えがいい。他人の顔色をうかがうことも、時と場合によっては必要だ。

とはいえ、肝心なときに逃げ出すようでは大店の主人は務まらない。太一郎は力なく嘆息した。

「喧嘩のひとつもできないようじゃ、店を守れないだろう。大番頭さん、何かいい思案はないかねぇ」

期待せずに問いかければ、相手の鼻息が荒くなる。

「そういうことでしたら、悩むまでもございません。一之助坊ちゃんが兄になればいいんです」

「何だって」

「人一倍臆病なのは、ひとりっ子のせいでございます。弟か妹が生まれると、上の子はしっかりするものです。旦那様も覚えがあるでしょう」

太一郎が五つのときに、妹のお秀が生まれた。

母は気の強いお秀と太一郎を比べて、「息子と娘が逆だったら」と嘆くことがよくあった。父は娘に甘かったが、浮世絵師との仲だけは最後まで許さなかった。

大番頭の言い分はわかるけれど、妹の駆け落ちのせいで俺の縁談は一度流れたんだ。兄になってよかったと思ったことはないんだが……。

ひとりっ子だった父と違い、太一郎は二人目の子を欲しいと思ったことはない。眉を寄せて考え込めば、番頭がさらに畳みかける。

「御新造さんは三十二、まだぎりぎり間に合います。一之助坊ちゃんのため、引いてはこの白井屋のために、頑張ってみてくださいまし」

「そんなことを言われても、一之助が生まれてからお真紀は身籠ったことがないんだよ。いまになって励んだところで、うまくいくとは思えないね」

子は天からの授かりものだ。苦笑混じりに笑い飛ばせば、「でしたら」と番頭が声を潜める。

「いっそ、妾を囲ってはいかがですか。跡取りの控えがいなくては、手前は店の先行きが心配でございます」

「馬鹿なことを言いなさんな。そんなことをしたらお真紀はもちろん、おっかさんが怒り狂うじゃないか」

子育ての話をしていたのに、なぜ妾の話になるのだろう。不本意な成り行きに太一郎は目を剝いた。

母は嫁に厳しいが、亭主の女遊びにはもっと厳しい。

父の妾を太一郎の妾だと勘違いしたときだって、普段は仲違いしている嫁の肩を持ったほどだ。

「あのおとっつぁんですら、おっかさんが怖くて外腹の子はつくらなかった。息子の俺がそんなことをすれば、何をされるかわからないよ」

父の裏切りを知った母は屋台の蕎麦屋に色目を使い、墓参りにも行かなくなった。ようやく屋台通いが収まったのに、寝た子を起こしてどうするのか。

顔をしかめる太一郎に大番頭はそっけない。

「では、一之助坊ちゃんが白井屋の主人にふさわしくならなかったら、どうなさいます。お秀さんの子を養子になさるおつもりですか」

「急に何を言い出すんだい。そんなことができるもんか」

とっさに言い返したものの、頭から冷や水をかけられた気になった。

母はお秀の娘がお気に入りだが、所詮は駆け落ちの果てに生まれた娘である。父が大きくした白井屋を継がせるなんて冗談ではない。太一郎が奥歯を嚙みしめると、大番頭はしたり顔でうなずいた。

「手前だって旦那様と同じ気持ちでございます。だからこそ、一之助坊ちゃんにはしっかりしていただかないと困るのです。そのために妾を囲うとおっしゃれば、御隠居さんも反対なさいませんよ」

「いいや、天地がひっくり返っても、おっかさんは妾の子なんて認めるもんか。それこそ、お秀の娘を引き取って跡を継がせると言い出すよ」

独り者の番頭は妻の悋気の怖さを知らないのだ。身震いして言い返したが、番頭は首を横に振った。

「御懸念には及びません。亭主と息子は違います」

「そりゃ、どういう意味だい」

「亭主の妾は許せなくとも、息子の妾は許せるということでございます。それに産んだ女が誰であれ、旦那様の子は御隠居さんの孫ですからね。かわいくないはずがございません」

ほんの一瞬「それもそうか」と思いかけ、太一郎は慌てて頭を振る。腹違いの弟なんて生まれたら、一之助はますます自信をなくすだろう。

今後はよりいっそう厳しくして、我が子を立派な跡取りに育てなくては。そのせいで恨まれたとしても、いずれ厳しかった親に感謝する時が来るはずだ。

太一郎は白井屋の主人として、そう決心した。

二

十月二十五日の昼下がり、下谷《したや》報生寺《ほうしょうじ》へ向かう太一郎の足取りは重かった。

昨夜も一之助のことでお真紀と言い合いになったのだ。

こっちが心を鬼にして叱っているのに、横から余計なことばかり言いやがって。先のことを考えれば、もう甘やかしている場合じゃないんだよ。

白井屋は多くの奉公人を抱え、他国とも商いをする大店だ。

当然儲けは大きいが、しくじったときの損も大きい。近所のガキ大将を怖がるような肝っ玉では上方の食えない連中と渡り合えない。

俺だっておとっつぁんが死んだとたん、舐めてかかられている有様だ。一之助は絶対に親勝りにさせないと。

通油町の店に移ってから「大店の跡取り」と呼ばれるようになった自分と違い、我が子は生まれながらに「大店の跡取り」だ。金も余計にかかっているし、自分より出来がよくて当然だろう。

そんな虫のいいことを考えていたら、手代に声をかけられた。

「あの旦那様、どこかで休んでいかれますか」

主人の足取りが重いのは、疲れによるものだと勘違いしたらしい。太一郎は我に返って首を横に振る。

「いや、休んでいる暇はないよ。向こうに着くのが遅くなる」

これから訪ねる報生寺は「びっくり下谷の廣徳寺《こうとくじ》」のそばにある、小さいながらも格の高い禅寺だ。そこの方丈《ほうじょう》（住職）である空心《くうしん》に唐墨《とうぼく》を届けにいく途中だった。

「名筆として知られる方丈様は、墨には人一倍うるさいからね。きっと首を長くしてお待ちだろう」

太一郎は手代の肩を叩き、気持ちを切り替えて足を速めた。

筆と墨は、どちらか片方では役に立たない。

だから二代目吉兵衛は墨も扱うようになったのだろうが、空心がこだわるのは墨だけである。

筆はいつも先の割れたボロ筆を使っている。以前、「弘法《こうぼう》は筆を選ばずですね」と持ち上げたら、三十半ばの高僧は丸めた頭に手をやった。

――拙僧は貧乏旗本の三男のため、昔から穂の割れた筆で手習いをしておりました。新しい筆を使うと、かえって調子が出ないのです。

そのくせ墨にはこだわるのは、「書いたものは残る」からだと言う。

――方丈となり、額や掛け軸に賛を書くことも増えました。高価な墨は色やにじみが美しく、時が経っても色褪せません。

付け加えられた説明に太一郎は納得した。

墨は煤《すす》を集めてにかわを混ぜ、香木で香りをつけて固めたものだ。主に松の木を燃やした煤を固めた松煙墨《しょうえんぼく》と、菜種油や胡麻《ごま》油《あぶら》の煤で作る油煙墨《ゆえんぼく》がある。

燃やすものは違っても、どちらも煤から作られるので色は黒いに決まっている。

だが、じっと目を凝らせば、松煙墨で書かれた文字は若干青みがかっていて、油煙墨はかすかに茶色がかっている。さらに墨の良し悪しにより、筆の勢いや字のかすれ具合も変わってくる。弘法は筆を選ばないが、墨は選ぶということだろう。

それにしても、ボロ筆のほうがうまく書けるなんて嫌みだね。こっちはどんなにいい筆を使っても、たいした字が書けないのに。

太一郎はその話を聞いたとき、忌々しく思ったものだ。

武士や僧侶と違い、町人は読み書きのできない者も多い。

しかし、「筆と墨を扱う商人が悪筆ではみっともない」と父に言われて書の稽古に励んできたが、いまも達筆とは言い難い。せいぜい人並み程度というところだろうか。

ちなみに、父の太兵衛は自他ともに認める悪筆だった。太一郎の知る限り、何でも器用にこなした父の唯一の泣きどころと言えるだろう。

俺がおとっつぁんに勝っているのは、字の上手さだけかもしれないな。ああ、一之助にはもっと稽古をさせないと。

我が子は歳のわりに達者な字を書くが、稽古次第でもっと上達するはずだ。将来弱みになることはなくしておいたほうがいい。

あれこれ考えながら歩くうち、報生寺に到着する。庭の掃除をしていた坊主に声をかけると、太一郎だけが本堂に案内された。

「方丈様、長らくお待たせいたしました。こちらがお望みの品でございます」

早速唐墨を差し出せば、空心は満面の笑みを浮かべる。そして、この国の墨より大きな異国の墨を恭《うやうや》しく手に取った。

「さすがによい香りです。この墨を使えば、いつもよりいい字が書けそうな気がいたします。写経もさぞはかどるでしょう」

うっとりと呟く空心は清廉潔白の僧として知られている。

いまどきの生臭坊主《なまぐさぼうず》は、医者のふりをして色里に繰り出したりもする。

空心は若くして報生寺を任された秀才であり、見た目も役者裸足《はだし》である。その気になればいくらでも女が寄ってくるだろうに、本人はなまめかしい女の黒髪よりも異国の墨を好む変わり者だ。

誰もが認める賢さと、煩悩に負けない意志の強さ——果たしてどのような育ちをすれば、空心のような出来物になれるのか。不出来な我が子を案じる親として、太一郎は尋ねずにいられなかった。

「あの、方丈様はおいくつで仏門に入る決心をなさいましたか」

「前にもお話ししたと思いますが、拙僧は貧乏旗本の三男です。幼い頃から『厄介者にならぬように学問で身を立てろ』と母に言い聞かされておりまして、十四で俗世を捨てました」

十四と言えば、太一郎はまだ店の手伝いを始めておらず、呑気に遊び歩いていた。

出家は妻帯が許されず、生臭物も食べられない。まだ子供というべき歳でありながら、よくぞ世俗の楽しみを捨てる決心ができたものだ。

いっそ、こういうお方に一之助を導いてもらえたら……この寺で寝起きして厳しい修行を目にすれば、甘ったれの弱虫も心を入れ替えるんじゃなかろうか。

白井屋にいれば、お真紀を先頭に誰もが一之助を甘やかす。「立派な跡取りになるための修行」と言えば、母は反対しないだろう。

それに名筆の書を間近で見ていれば、一之助の筆もさらに上達するに違いない。太一郎はすっかりその気になり、空心のほうへ膝を進めた。

「さすがは方丈様でございます。それに引き換え、倅ときたら……方丈様の爪の垢《あか》でも煎じて飲ませたいくらいです」

これ見よがしにため息をつくと、空心が首を傾げる。

「白井屋さん、何かお悩みですか」

「はい、情けない話ですが……」

仏弟子は迷える衆生《しゆじよう》を導くのが仕事である。

こちらが困っていると知れば、知らん顔もできないのだろう。渡りに船の問いかけに、太一郎は我が子の不甲斐なさをまくし立てた。

「いじめっ子が怖くて仮病を使うなど、情けない限りでございます。このままでは跡を譲ってからが恐ろしくてたまりません。勝手なお願いで恐縮ですが、一之助を何日かこちらに置いてやってくださいませんか。仏に仕える方々の修行の厳しさを目の当たりにすれば、あの子の目も覚めるでしょう」

そして「もちろんタダとは申しません」と言い添えて、深々と頭を下げる。空心はすぐに承知してくれるかと思いきや、不快そうに眉を寄せた。

「我が子の将来を案じるお気持ちはよくわかります。しかし、一之助さんはまだ九つでしょう。

もう少し長い目で見てはいかがですか」

「お言葉ですが、方丈様とて幼い頃から学問に励んでおられたはず。いまから厳しくしても遅いくらいでございます」

このまま手をこまねいて、若旦那ならぬ馬鹿旦那になられては困るのだ。切実な思いを口にすれば、空心の目がより険しくなった。

「では、出来の悪い子は我が子ではないとおっしゃいますか」

「とんでもない。我が子のためを思えばこそ厳しくしているのです」

「つまり、親の都合で厳しく育て、駄目なら見捨てるということですか。望んで生まれたわけではないのに、親に甘えることもできないなんて……一之助さんがあまりにもお気の毒です」

まさか高僧である空心が子供に肩入れするとは思わなかった。こっちの気も知らないでと、太一郎はカッとなる。

「方丈様もお母上の教えに従い、いまのお立場があるのでしょう。子を持たないお方に親の気持ちはわかりません」

昔から「子を持って知る親の恩」と言うではないか。頭ごなしに決めつければ、空心は意味ありげに微笑んだ。

「では、一生親になれない半人前が身の上語りをいたしましょう。本来、他人様にするような話ではないので、どうぞ聞き捨ててください」

そう前置きしてから、空心はいつになく低い声で話し出した。姉が幼くして亡くならなければ、自分はこの世に生まれなかったと。

空心の家は旗本と言っても、代々無役の小普請《こぶしん》である。

札差への借金は天井知らずに増え続け、内証はいつも火の車だ。屋敷には住み込みの若党どころか渡り中間《ちゅうげん》すらおらず、奉公人は年老いた下男と女中だけ。母は長男次男を産み落とすと、「娘が欲しい」と思ったとか。

「役に立たない息子と違い、娘は家の手伝いをさせられます。器量がよければ、玉の輿《こし》に乗る望みもある。そんな母の願い通りかわいい娘が生まれましたが、八つで儚《はかな》くなったそうです」

その悲しみも癒えた頃、母はまた身籠った。そして「死んだ娘の生まれ変わり」と信じて産んだ子は、役に立たない息子だった。

「幼い頃はよく『おまえが女なら』『おまえの姉さんが生きていれば』と母に言われたものですよ」

息子は大きくなったところで、台所に立たせるわけにはいかない。すっかり当てが外れた母は「学問に励め」と末っ子に言い聞かせた。

立場の弱い子供ほど、人の顔色に敏感だ。空心は母に失望されたくない一心で学問に励み、十歳《とお》にして神童と呼ばれるようになったという。

「その噂を聞きつけて養子の話も舞い込みましたが、父は出来のいい末っ子が惜しくなったのでしょう。せっかくの申し出を断ってしまいました。長兄夫婦に子ができないときは、三男に跡を継がせるからと」

次男は御家人の家に婿入りして、長男は嫁をもらったばかりだった。いまにして思えば、わずかな持参金すら手元になかったのだろう。空心もそのときは「両親と離れずにすんでよかった」と思ったそうだ。

しかし、兄夫婦に子が生まれると、実家に居場所はなくなった。

「兄からは『学問ができるくらいで、いい気になるな』と叱責されるようになりました。母は生まれたばかりの孫に夢中で、十三の三男なんて眼中にありません。着た切り雀《すずめ》の着物は小さくなりすぎ、外を歩くと指をさして嗤《わら》われました。父は『おまえが長男なら』と嘆くだけで、何の手助けもしてくれません。身内すべてに愛想を尽かし、とうとう家を捨てる覚悟を決めたのです」

この家に留まり続ける限り、自分は日の目を見られない。再度養子の話が来たとしても、甥《おい》が風邪でも引いていれば家に留め置かれてしまうだろう。

そして、十四の春に菩提寺《ぼだいじ》の住職の手を借りて報生寺に入ったそうだ。

「ここはご実家の菩提寺ではないのですか」

「はい、菩提寺では実家との縁を絶ちづらいので」

笑顔で告げられた言葉の中身に太一郎の背筋が冷える。やさしげな見た目と裏腹に、空心の恨みは根が深いようだ。

「先ほど白井屋さんは、『子を持たない者に親の気持ちはわからない』とおっしゃいました。ですが、あらゆる親はかつて子供だったはず。白井屋さんは子供の頃、親の身勝手な仕打ちを恨んだことはありませんか」

「それは……」

「親は約束を守ってくれず、文句を言えば叱られる。頑張って結果を出しても、『それくらいできて当然だ』と言われてしまう。そんな親に愛想を尽かし、自分はこういう親にはならないと誓ったことはございませんか」

「………」

「もちろん、子供は未熟です。親に嘘をつくことも、わがままを言うこともあるでしょう。ですが、いまのお話をうかがう限り、特に一之助さんの出来が悪いとは思いません。白井屋さんは己が九つだったとき、いまの一之助さんより優秀だったと胸を張って言えますか」

面と向かって問い質されて、太一郎は気まずく目を伏せる。

おっかない母の手前、手習いをずる休みしたことこそなかったが、ガキ大将に泣かされたり、寄り道することはままあった。物覚えのよさで言えば、一之助のほうがはるかに上だ。

だが、あのときはいまのような大店ではなかったから――と心の中で言い訳しかけ、太一郎は気が付いた。

俺は商いが思うようにいかなくて、不安やもどかしさを我が子にぶつけていたんだな。己の不甲斐なさを棚に上げ、一之助には出来のよさだけ求めていたのか。

自分が親勝りではないくせに、子には親勝りであることを強いる。

それはまさしく親のわがままだろう。

おとっつぁんは俺を心配して、早めに跡を譲ってくれた。俺は商人としてだけじゃなく、父親としても及ばないのか。

太一郎はうなだれて、空心に改めて頭を下げる。

「方丈様のおっしゃる通りです。手前は心得違いをしておりました」

子供は親が子供だった頃を知らない。親に「これくらいできて当然だ」と言われれば、「おとっつぁんはできたんだ」と思ってしまう。太一郎は意図せず我が子を騙していたことを反省した。

「親の気持ちも子の気持ちもお見通しとは……さすがは方丈様ですね」

やはり、仏に仕える方は違うと続ければ、空心は困ったように眉を寄せる。ややして「そうかもしれません」と呟いた。

「白井屋さんは先ほど拙僧に『子を持たないから、親の気持ちがわからない』と申されましたが」

失言を再度蒸し返されて、太一郎は目を泳がせる。知らず猫背になっていると、空心が「恐らく逆です」と言葉をつなぐ。

「人は己の姿こそ見えないもの。拙僧は親でも子でもありませんから、どちらについてもわかるのでしょう」

静かに締めくくった空心のまなざしは、どこか遠くを見ているようだった。

人は赤の他人のことのほうが冷静に眺めることができる。太一郎は相手の言葉に納得しつつ、自らを「親でも子でもない」と言った方丈をほんの少しだけ憐れに思った。

実を言えば、太一郎だって家族や店を放り出し、ひとり身軽に生きたいと願ったことはある。だが、そんなことをすれば、必ず後悔するとわかっていた。

どれほど面倒臭くとも、人はひとりでは生きられない。空心は家族を捨てて心の平安を得た代わり、誰かと生きる喜びや悲しみを失ったのだ。

自分はこれからも時に怒り、時には頭を抱えながら、家族と共に生きていく。それが白井屋四代目としての務めだから。

太一郎は孤独な僧の前でひそかに誓った。

三

報生寺に行った翌日、太一郎は一之助を行きつけの蕎麦屋に連れ出した。

理不尽に厳しくして悪かったと、我が子に謝るためである。

子に頭を下げるなんて親の沽券《こけん》にかかわるが、「自分が悪いと思ったら謝れと、子供に教えているのでしょう」と、笑顔の空心に釘を刺された。父も生前、「頭を下げることを恐れるな」とよく言っていたものだ。

しかし、我が子に謝る姿を妻や奉公人には見せられない。そこで人目につかないところへ連れてきたのだが、一之助はそわそわと落ち着かない。

「おとっつぁん、今日はどうしたのさ。おいら、ほめられるようなことをした覚えはないんだけど」

目の前に並ぶ料理に一之助は戸惑いを隠さなかった。

太一郎が「いいから、食べなさい」と命じると、ためらいがちに箸を取る。そして天ぷらと蕎麦を食べ終えるのを見届けてから、思い切って切り出した。

「その、すまなかったな」

突然親に詫びられて、面食らったのだろう。目を丸くした一之助が「おとっつぁん、どうしたのさ」とうろたえる。

太一郎は下っ腹に力を入れ、我が子の顔を見返した。

「おとっつぁんはこのところ、おまえを叱ってばかりいただろう」

「……うん」

「あれはおまえの出来が悪いからじゃない。おとっつぁんが焦っていただけだ」

どういうことだと問いたげに、一之助が目を瞬く。太一郎は顎を掻きつつ、言葉を選ぶ。

「おまえも知っての通り、祖父ちゃんはすごい商人だった。祖父ちゃんが店を継ぐまで白井屋は浅草にあって、いまほど大きな店じゃなかったんだ」

「うん、知ってる」

「おとっつぁんは祖父ちゃんほど商いがうまくない。祖父ちゃんが死んでから、思うようにいかなくてな」

己の力不足を我が子に白状するのは、ひどく情けないことだ。

言い訳がましい言葉を並べていると、一之助が眉を寄せている。このまま話が逸《そ》れてしまえば、空心に諭されて勇気を出した甲斐がない。太一郎は改めて一番大事なことを告げた。

「つまり、おとっつぁんは商いがうまくいかなくて、おまえに八つ当たりしていたんだよ。これからは無闇に厳しいことを言わないから安心しろ」

ここまで言えば、一之助も安心するに違いない。

それとも八つ当たりだったと知って、恨み言でも言われるのか。ひそかに身構えつつ返事を待てば、一之助が首を傾げる。

「厳しくされないのはありがたいけど、どうしてわざわざ謝るのさ」

「……どうしてと言われても……」

まさかの返しに困惑し、太一郎は口ごもる。

自分が間違えたと思ったら、潔《いさぎよ》く相手に謝る。

太一郎は親からそう教わったし、我が子にも同じように教えてきたつもりである。それを自ら実践して、「どうして」と言われるとは思わなかった。

「だって、おっかさんは『約束を守りなさい』って言うけれど、おいらとの約束は平気で破るもの。それでも『大人は忙しい』って言うだけで、謝られたことなんて一度もないよ」

「……そうか」

「おとっつぁんも『商人は信用が一番大事だ』って言いながら、おいらと出かける約束を何度もすっぽかしたじゃないか」

特に怒った様子もなく、耳に痛いことを言われてしまう。

まさか、九つの我が子が親をそんなふうに思っていたなんて……。まるで信用されていなかったことを知り、太一郎は綿入れの下で冷や汗をかく。

「それなのに、今日に限ってどうしたのさ。誰かに何か言われたのかい」

親が子について知っているよりも、子は親をよく知っている。

じっと目を見て尋ねられ、太一郎はすっかり恐れ入る。気弱で頼りないなんてとんでもない。

こっちの見る目が節穴だった。

ここまで冷静に親と渡り合えるなんて、たいしたもんだ。この子はいずれおとっつぁんを超える商人になるかもしれないよ。

初めて知る我が子の一面に親馬鹿じみた夢を見る。その後、報生寺でのやり取りを打ち明ければ、一之助は納得したようにうなずいた。

「ふうん、えらいお坊様の入れ知恵か」

「ああ、おとっつぁんは方丈様の話を聞いて、考えを改めた」

これで納得しただろうと思いきや、「そういうことなら、おとっつぁんに頼みがある」と一之助は言い出した。

「勘太のおっかさんに伝えてほしいことがあるんだよ。おとっつぁんの言うことなら、まともに取り合ってもらえるだろ？」

「ひょっとして、いじめの告げ口か」

好機を逃さぬ抜け目のなさは、恐らく祖父譲りだろう。

できれば子供の喧嘩に口を出したくなかったが、今日ばかりは嫌とも言えない。太一郎がうなずきかけると、「そうじゃないよ」と頭を振られた。

「古着屋のお景《けい》に気を付けろって、おばさんに伝えてほしいんだ。勘太がおいらをいじめるようになったのは、お景が嘘をついたせいだもの」

そして、一之助は鼻息荒く手習い所での出来事を語り始めた。

お景は一之助や勘太よりひとつ年上の女の子で、筆子《ふでこ》の中では一番の器量よしだとか。ガキ大将の勘太はお景が好きで、お景もまんざらでもなかったそうだ。

ところが、今年最初の手習いから、お景の一之助を見る目が変わったという。

「おいらの正月の晴れ着を見て、すり寄ってくるようになったんだ。お景は古着屋の娘だから、おいらの着物がうんと高価だと気付いたんじゃないのかな」

筆墨問屋は子供にとって馴染みのない商いだ。お景は一之助の晴れ着を見て、白井屋がとても裕福だと実感したに違いない。それ以来、やたらとすり寄ってくるようになったという。

一之助としては相手の下心が見えているし、勘太に恨まれるのも面倒だ。誘いに乗らないようにしていたら、お景は予想外の仕返しに出た。「一之助にいじめられた」と勘太に嘘をついたのである。

「勘太は好きな子に頼られて、すっかり調子に乗ったんだ。一之助は女の子をいじめる卑怯者《ひきょうもの》だって、他の筆子に言いふらしたんだよ」

その後も嫌がらせを繰り返されて、うんざりした一之助は手習いをずる休みしようとしたらしい。

「でも、仮病がばれて怒られてから、佐吉《さきち》がついてくるようになっただろう。佐吉はただでさえ怖いのに、勘太以外の筆子も容赦なく睨みつけるんだ。おいらはそのせいで肩身の狭い思いをしているんだよ」

では、いじめがなくなっても元気がないのは、そういう事情があったからか。良かれと思ってしたことが裏目に出ていたと知り、太一郎は目を白黒させた。

「そういうことなら、もっと早く言えばよかっただろう。どうしていままで黙っていたんだ」

「おいらが何か言おうとすると、おとっつぁんが『男が言い訳するな』と怒るじゃないか。そんなことが三度も続けば、打ち明ける気もしなくなるよ」

口を尖らせる一之助から太一郎は目をそらす。身に覚えがあるだけに、言い逃れはできなかった。

「おいらは何度も『お景が嘘をついている』って、勘太に言ったんだ。でも、その都度お景が泣き出して『嘘なんてついてない』と言うもんだから、勘太は信じてくれないんだよ」

「……他の筆子はどうなんだ」

もし一之助の味方が誰ひとりいないなら、手習い所を替えたほうがいいだろう。そう思って尋ねると、一之助は首を横に振る。

「お景が嘘つきだって知っている子はちゃんといる。おいらの味方がひとりもいないわけじゃない」

「そういうことなら、勘太とお景のことは放っておけ。佐吉が嫌なら、他の手代に替えてやるから」

青物屋の息子と古着屋の娘なら、一通り読み書きができればいいはずだ。二人は遠からず手習い所に来なくなるだろう。

しかし、一之助は納得しなかった。

「お景はともかく、勘太はおいらの友達だもの。勘違いされたまま放っておくなんてできるもんか」

怒った我が子に睨まれて、太一郎は苦笑する。この生真面目さは父ではなく、自分に似たのかもしれない。

「わかった。おとっつぁんが青物屋に行って話をしてやろう」

「本当かい？　おとっつぁん、ありがとう」

久しぶりに見る我が子の笑みに、太一郎も釣られて笑顔になる。そして、気になったことを尋ねてみた。

「ところで、お景って子はかわいいんだろう。勘太の手前があるにせよ、その気になったりしなかったのか」

男なら年齢を問わず、見目のいい女の子に惹《ひ》かれるものだ。ちなみに太一郎の初恋は十一のときである。

一之助は歳よりしっかりしているが、身体は小さいほうだからな。女のことは晩生《おくて》かもしれないぞ。

自分も母に邪魔されて、女を知るのは遅かった。知らずニヤニヤしていると、一之助は蔑むような目つきになる。

「おとっつぁん、何を言ってるのさ。白井屋の跡取りが古着屋の娘を見初めたらまずいだろう」

「そ、それもそうだな」

九歳の息子に諫《いさ》められ、太一郎は慌ててうなずく。跡取りの自覚があるのは大変結構なことである。

「おいらは死んだ祖父ちゃんと約束したんだ。釣り合わない相手を好きになって、親を困らせたりしないって」

「何だって」

父が孫に構っている姿なんて見たことがない。いつの間にそんな話をしたと尋ねれば、ここ一、二年のことだという。

「ときどき離れに呼ばれて、お菓子や小遣いをもらったよ。祖母ちゃんがそばにいないときは、面白い話もしてくれた。おとっつぁんは女のことに疎いから、代わりにわしが教えてやるって」

まだ幼い孫を捕まえて、何の話をしていたのか。

呆れた父の所業に太一郎は頭が痛くなる。他にどんな話を聞いたのか尋ねようとしたとき、一之助が声を落とした。

「祖父ちゃんは後悔していたよ。本当はとびきりの花嫁衣裳《いしょう》を誂えて、立派なお店に嫁がせるはずだったって。おまえには叔母さんと従姉《いとこ》がいるのに、会わせてやれなくてすまないなって」

「おい、それは……」

駆け落ちした妹がいることを一之助に告げたことはない。白井屋の恥がとっくにばれていたと知り、太一郎はうろたえる。

「祖父ちゃんの葬式で祖母ちゃんの後ろにいた女の人、あの人が叔母さんだろう？　祖母ちゃんに似ているから、ひと目でわかった」

「……そうか」

叔母を憐れむような口ぶりに、父の葬式で見た妹の姿を思い出す。

母親似のお秀はそれなりに器量よしで、かつては華やかな振袖がよく似合っていた。物おじしない明るい気性《きしょう》も相まって、「嫁に欲しい」と言う若旦那はいくらでもいたのである。

いまは見るからに貧乏な三十路女になり下がり、小町娘ともてはやされた昔の面影は微塵《みじん》もない。十数年ぶりに見た妹のみすぼらしさに太一郎は我が目を疑った。

だが、すべては自業自得である。父は娘を甘やかし、結果不幸にしたことを悔やんでいたのだろうと思ったら、

「亭主が死んだときに許してやればよかったって、祖父ちゃんはおいらに何度も言っていた。いまはおとっつぁんが白井屋の主人なんだもの。叔母さんを許してやったら、祖父ちゃんも喜

ぶんじゃないのかな」

　まさか九つの我が子からそんな台詞を聞くなんて――太一郎は面食らい、ぽかんと口を開けてしまった。

　そもそも、父はなぜ身内の恥とも言うべき話を九つの孫に打ち明けたのだ。お秀に迷惑をかけられた息子にこそ伝えるべきではなかったか。太一郎は尊敬していた父に裏切られたような気になった。

　父は自分の父である前に、白井屋太兵衛という商人だった。

　十五から商いを仕込まれたが、それより前に遊んでもらった覚えはない。父子で話すことと言えば、常に商いのことばかり。母に内緒で妾がいると打ち明けられたのが、商い以外の話をした最初で最後ではなかったか。

　子供の頃は商いばかりの父親を恨めしく思ったこともある。

　反面、白井屋太兵衛の子であることが誇らしかった。

　父が商いに励むのは、身内を養い、奉公人の暮らしを守るためだ。跡取りとして生まれた以上、白井屋を守るのが己の務めだと思っていた。

　ゆえに、自分だけ勝手を通した妹のことが許せない。自分は早くから色恋沙汰をあきらめたのに……。

　太一郎は込み上げる思いに蓋をして、我が子の顔をじっと見た。

「祖父ちゃんは本当にそんなことを言ったのか。おまえが勘違いしているだけじゃないのか」

自分でもびっくりするほど返す声が低くなる。一之助は戸惑った顔をしたものの、「本当だよ」と言い切った。

「亭主に先立たれても意地を通したお秀は見上げたものだって言いながら、頼ってくれれば許すこともできたって言ってたよ」

「何が見上げたものだっ」

思わず声を荒らげかけて、危ういところで口をつぐむ。

自分の最初の縁談がまとまっていれば、一之助はこの世にいなかった。ひとまず落ち着こうと息を吐くと、一之助がおずおずと袖を引く。

「おとっつぁんが嫌なら、無理に許さなくてもいいよ。おいら、死んだ祖父ちゃんよりもおとっつぁんのほうが好きだからさ」

まるで機嫌をうかがうように、上目遣いで告げられる。その表情が赤ん坊の頃の泣き出す寸前の顔と重なった。

初めての子が男だとわかったときは、心の底からうれしかった。

そのうちに寝返りを打ち、這《は》うようになり、立ち上がり……言葉らしきものをしゃべったときは抱き上げて喜んだ。

一之助が赤ん坊だったとき、太一郎は気楽な若旦那だった。

あの頃は我が子が元気でいればよかったのに、跡を継いで気持ちが変わった。ひとりっ子はもしものときの控えがいない。「元気なのは当たり前、優秀な跡取りでなくては困る」と思うようになっていた。

そういえば、おとっつぁんも白井屋の主人でいる間はお秀を許そうとしなかった。隠居して、ただの父親に戻ったのか。

愚痴をこぼす相手として孫を選んだのも、他の家族には言えなかったからだ。嫁の母に何かを言おうものなら、「いまさら何だ」と嫌みを言われるのは目に見えている。お真紀は論外だし、太一郎に「お秀を許したい」と言えば、反対されると思ったのだろう。もし、おとっつぁんがお秀の暮らしぶりを自分の目で見ていたら……その場で許していただろうな。

一度訪ねたやぶ蚊だらけの長屋を思い出し、知らず腕がかゆくなる。

太一郎はさりげなく腕をかきながら、「おまえの気持ちはよくわかった。後は任せておけ」と一之助に請け合った。

四

「それじゃ、行ってまいります」

十一月六日の朝、一之助が元気よく手習い所へ出かけていく。付き添う奉公人は元のねえやに戻っていた。

一之助の頼み通り、太一郎は勘太の母親にお景のことを告げ口した。相手はこちらの言い分を疑うことなく、「ガキのくせにもう女に騙されて」と息子への怒りをあらわにしていた。

その後、青物屋親子の間でどんなやり取りがあったか知らないが、勘太は今月に入ってすぐ一之助に謝ったという。

――よく考えれば、一之助が女をいじめるはずねぇもんな。お景の嘘を鵜呑みにした俺が悪かったよ。

二人が仲直りすると、お景は手習い所に来なくなったらしい。一つ年上だと言うし、恐らくこのまま辞めるだろう。

母も四日前の月命日に、太一郎たちと連れ立って父の墓参りへ行った。この分だと師走は落ち着いて商いに専念できそうだ。

家の中が落ち着かないと、気持ちが定まらないからね。今年の揉め事が今年のうちにどうにか収まってよかったよ。

浅草に住む筆職人を訪ねた帰り道、太一郎の足取りは軽かった。

それにしても、父が一之助にちょっかいを出していたとは思わなかった。

よく「孫は我が子よりもかわいい」と言うけれど、恐らく、父はそれだけではない。母から身を守る盾として、孫を離れに呼んだはずだ。

――子供が熱を出して寝込んでいるのに、おまえさんは妾宅《しょうたく》に行ったきり。遣いを出しても梨のつぶてで、どれほど情けなかったことか。

――お静《しず》さんと言ったかしらねぇ。名前とは反対にずいぶんとうるさい人でしたよ。おまえさんに買ってもらったと、立派な珊瑚《さんご》の簪《かんざし》をわざわざ見せてくれましたっけ。

母は夫婦水入らずの隠居暮らしが始まると、妾や子育てにまつわる苦労話をしつこく繰り返していたらしい。それを聞かされる父はすっかり辟易《へきえき》してしまい、隠れて妾を囲ったのだ。

――お清には苦労をかけたと思っているが、いまさら文句を言われてもどうしようもないじゃないか。わしは息抜きをする場が欲しかったんだ。

そう言い訳しつつ、父も後ろめたかったのだろう。病の床で「妾がいる」と打ち明けたとき、「お清には内緒だぞ」と息子に何度も念を押した。太一郎は口止めされなくとも死ぬまで黙っているつもりだった。

まさか、手切れ金を渡した妾につきまとわれて、お真紀に勘違いされるなんて……。母にも強く責められて、やむなく「父の妾だ」と白状した。

過ぎたことをしつこく蒸し返されて、うんざりした父の気持ちはわかる。

けれど、商人として大成したのは母の支えがあればこそ。父もそれをわかっていたから、「女房孝行する」と言ったはずだ。年寄りの夫婦喧嘩のとばっちりで、こっちはどれほど迷惑したかわからない。

とはいえ、母に文句を言えば、百倍になって戻ってくる。ここは物言わぬ父の墓に文句を言ってやるとしよう。太一郎はふと思い立ち、菩提寺に立ち寄ることにした。

山門の前で小僧と別れ、ひとり奥の墓地へと進む。掃除したばかりの墓の前には、意外な人物がしゃがんでいた。

「誰かと思えば、お幸《こう》じゃないか。どうしてここにいるんだい」

お幸は太一郎につきまとった父の最後の妾である。思わず相手の名を呼べば、向こうも目を丸くして立ち上がった。

「二度と白井屋には関わらないと、おっかさんと約束したんだろう。こんなところで暇を潰しているよりも、新しい旦那を探したほうがいいんじゃないか」

見たくなかった顔を見て、辛辣な言葉を放ってしまう。お幸がつきまとったりしなければ、父の秘密は守られたのだ。

おっかさんだって、おとっつぁんへの恨みを新たにしなくてすんだはずだよ。手切れ金をたっぷりもらっておきながら、意地汚いったらありゃしない。

お幸はまだ若く、すらりとした器量よしである。父は無理強いをするような人ではないから、望んで妾になったのだろう。

父の女遊びに悩む母を見て育ったせいか、太一郎は色を売る女が苦手である。もしもお秀が貧乏暮らしに耐えかねて誰かの世話になっていたら、たとえ父の葬式でも白井屋の敷居は跨がせなかった。

じっと睨みつけていると、お幸が困ったように苦笑する。

「月命日の後だから、誰も来ないと思ったのに。どうもご無沙汰しております。御隠居さんや御新造さんはお変わりありませんかしら」

取ってつけたような挨拶に、太一郎はしかめっ面のままうなずいた。

「おまえさんも変わりがなさそうだね」

「ええ、先代からもらったお手当がまだたっぷりありますんでね。新しい旦那が見つからなくとも、しばらく食べていけますよ」

「故人を偲《しの》んでくれるのはありがたいが、おっかさんと鉢合わせすると面倒だ。二度とここには来ないでくれ」

「ええ、あのおっかない御隠居さんに怒鳴られるのは、あたしも御免です。ここにはもう来ませんよ」

お幸はそう言って、上目遣いにこっちを見た。

「ですから、最後に言わせてくださいな」

「……何をだい」

「いまでこそ後ろ指をさされるあたしですけど、十三までは『播磨屋《はりまや》のお嬢さん』と呼ばれていたんです」

播磨屋と言えば、十年前に潰れた廻船問屋《かいせんどいや》のことだろう。聞き覚えのある店の名に太一郎は息を呑む。

白井屋で扱う筆の多くは江戸で作られたものである。

しかし、墨は長崎から唐墨を、奈良からは南都油煙墨を仕入れている。廻船問屋とも付き合いがあり、父は播磨屋の主人と懇意にしていた。

噂によれば、播磨屋は大名貸しでしくじってすべて手放す羽目になったとか。主人は失意のあまり首をくくり、ひとり娘は親戚に引き取られたと聞いていた。

知らず同情の目を向ければ、お幸が細い顎を突き出す。

「そんな目で見ないでくださいな。十七で親戚の家を飛び出して、住み込みの仲居になったんです。白井屋の先代と会ったのは、去年の春のことでした」

当時お幸は病を患い、化粧で顔色の悪さをごまかしながら働いていたそうだ。見かねた太兵衛が引き取って医者に診《み》せてくれなければ、「とっくに死んでいました」と目を細める。

「太兵衛旦那は命の恩人です。でも、御隠居さんに怒られるのは嫌ですし、今日を最後に墓参りはいたしません」

「そ、それならそうと言ってくれれば……おとっつぁんもおまえもどうして黙っていたんだい」

人助けだとわかっていれば、母も自分も父に失望しなかった。我に返って詰め寄れば、お幸が亀のように首をすくめる。

「そりゃ、妻と息子には言えませんよ。男として役に立たないなんて」

実のところ、父は病の癒えたお幸に手を出そうとしたらしい。お幸も受け入れるつもりだったが、初めての床は不首尾に終わったそうだ。

「先代は『お清の祟《たた》りかもしれん』と、青ざめていましたよ。その後は二度と手を出されることもなく、あたしは妾とは名ばかりの愚痴の聞き役だったんです。妻や息子夫婦、駆け落ちした娘についてさんざんこぼされましたっけ」

情けない父の姿を思い出したのか、お幸がこめかみに手を当てる。太一郎は何とも言えない気分になった。

死に至る病で床に就くまで、自分は父の弱音を聞いた覚えがない。恐らく母にも愚痴はこぼしていないだろう。孫には後悔を語っておいて、ずっとそばにいた妻子には弱みを見せられなかったのか。

「あたしが旦那につきまとったのは、太兵衛旦那のお身内に会ってみたかったからですよ。あの大商人を悩ませるのは、どんな人たちか気になってね」

特に先代の連れ合いを一度拝んでみたかった——声を上げて笑うお幸に太一郎の顔が引きつる。

「会ってみて、どうだった」

「本当に先代が言った通りのお人でした。いい歳をして自分の幸せに気付きもせず、悋気ばかり一人前で。思わず笑いそうになりましたよ」

お幸は笑みを浮かべているが、言葉と声に蔑みがにじむ。

大店の娘として生まれながらすべてを失ったお幸にすれば、母は恵まれた人生を送ったように見えただろう。父の妾として振舞ったのは、苦労知らずの母に対する嫌がらせだったのか。

「おまえも人が悪いな」

思わず母に同情すると、お幸は「ふん」と鼻を鳴らす。

「こっちは親に死なれてから、泥水をすすって生きてきたんだ。運のいい年寄りをからかったって、仏の罰は当たりませんよ」

ためらいなく言い捨てて、お幸は振り返ることなく立ち去った。その後ろ姿が見えなくなると、太一郎は父の墓に手を合わせる。

いまの話を母の耳に入れるか否か、心の底から悩みながら。

第四話　誰でもいい

四代目妻　お真紀

一

師走の商家は忙しい。

今年のうちにやるべきことが次から次へと押し寄せる。

それは商いに勤《いそ》しむ男たちだけの話ではない。母屋の女たちだって一年分の後始末と、新年を迎える支度に追われるのだ。

ただし、筆墨問屋白井屋は今年の二月に先代主人を亡くしている。新たな年の訪れを表立って祝えない分、いつもの師走に比べれば忙しくないはずなのに。

「御新造さん、久松屋の若御新造さんがお見えになりました」

「すみません、坊ちゃんの着物の染みがどうしても落ちません」

「表に来た鉢叩《はちたた》きにはいくら渡しましょう」

十二月五日の朝四ツ（午前十時）、お真紀は出かけようとした矢先に、三人の女中からてんでに声をかけられた。

鉢叩きは托鉢僧《たくはつ》ではなく、家々を回って芸をする門付《かどづ》け芸人の一種である。師走はこういう連中が頻繁に現れる。

まったく間の悪い女中たちだね。あたしがよそ行きを着て、風呂敷包みを抱えているのが見えないのかい。

腹の中で舌打ちしつつ、お真紀は勢いよく振り返った。

「久松屋は義母さんの実家だろう。あたしじゃなく、離れに声をかけとくれ。着物の染みが落とせないなら、他の女中に相談すればいいじゃないか。ああ、門付けには二十文もやれば十分だよ」

矢継ぎ早に命じると、二人の女中は慌てて座敷を後にする。

しかし、残るひとりはその場から動かない。客を待たせているのだろうと、お真紀は苛立ちを募らせた。

「何をぼんやりしているのさ。早く離れにお行きったら」

「その、御隠居さんがお出かけになっていて、離れには誰もいないんです」

「何だって」

「あいにく旦那様もお出かけで……大番頭さんから御新造さんに伝えるように言われました」

詰まりながらも肝心なことを伝える女中に、「それならそうと早く言え」と怒鳴りつけたい気分になる。

だが、いまは怒っている暇などない。お真紀はぐっと呑み込んで、要領の悪い女中に命じた。

「そういうことなら、あたしが相手をするしかないね。奥の座敷に通しておくれ。今日は冷えるから、お茶と手あぶりも出すんだよ」

お真紀はようやく動き出した女中を見送り、女中頭のお豊《とよ》を呼んだ。

「御新造さん、御用でしょうか」

「用があるから呼んだのさ。義母さんはどこに出かけたの」

舅が亡くなってから、姑は断りもなく出歩くことが多くなった。

外面のいい姑はかつて「良妻賢母」と評判だったが、いまは世間の目など気にしないで勝手に遊び歩いている。亭主の太一郎は実の母の放蕩を気に病んでいるけれど、お真紀はひそかに歓迎していた。目の上のたんこぶがいないほうが、こっちとしてはありがたい。

お豊は姑の一の子分とも言うべき奉公人だ。行き先を知っているだろうと思ったら案の定、「両国の寄席です」と教えてくれた。

「御隠居様がお気に入りの噺家が二十五日まで昼席に出るとかで。今日も朝五ツ（午前八時）にお出かけになりました」

先々月から姑があちこちの寄席に通っているのは知っている。

しかし、白井屋は通油町にある。両国までは年寄りの足でも小半刻《こはんとき》（約三十分）とかかるまい。お真紀は呆れて声を上げた。

「寄席の昼席ってのは、そんなに早くから始まるものなのかい」

「いえ、昼九ツ（正午）過ぎだと思います」

「だったら、どうして義母さんは朝っぱらから出かけたのさ。年寄りってのは、せっかちでいけないよ」

お豊の言葉が正しければ、姑は四ツ半（午前十一時）過ぎに出かけても十分間に合ったはずである。それまで離れにいてくれたら、客も無駄足を踏まずにすんだのだ。

暇を持て余している年寄りと違って、こっちは忙しいってのに。出がけに足止めをされるなんて、本当にいい迷惑だよ。

お真紀は口に出せない文句を腹の中で吐き捨てた。

「それにしても、久松屋の若御新造は何の用で来たのかねぇ」

時節柄、暮れの挨拶に来たのだろうか。お真紀は小さく独《ひと》り言《ご》ちる。

久松屋の若御新造は姑の姪、つまり太一郎の従妹《いとこ》にあたる。追い返すわけにもいかないので、大番頭はお真紀に押し付けたのだろう。

でも、あたしだって口をきいたことは数えるほどしかないんだよ。義母さんの留守を知って、すぐに帰ってくれればいいけれど……。

客が帰ってくれないと、こっちだって出かけられない。考え込むお真紀の前で、お豊が顔を険しくする。

「御新造さん、これは御隠居さんが留守で幸いだったかもしれませんよ」

「おや、どうしてだい」

「久松屋の若御新造は金の無心に来たんじゃありませんか」

お豊によれば、久松屋の商いははかばかしくないらしい。姑は実家の窮状を見かねて、何度か金を用立てていたそうだ。

「御隠居さんはここひと月以上、あちらに足を運んでいません。師走は何かと物入りですし、向こうから押しかけてきたんじゃないですか」

いかにもありそうな女中の勘繰《かんぐ》りに、お真紀の顔がこわばった。

久松屋はもう白井屋の内儀の実家じゃないのに、どこまで図々しいんだか。これまではいざ知らず、いつまでも当てにされちゃ迷惑だよ。

太一郎が白井屋を継いだのは四年前だが、その後も大黒柱は先代太兵衛のままだった。姑も大きな顔で家の差配を続けてきたが、太兵衛の死によってそれも終わった。一之助のためにも、足を引っ張るだけの身内とは離れておいたほうがいい。

後で姑から何か言われるかもしれないけれど、いまは自分が白井屋の内儀である。お真紀は気合を入れ直し、押しかけ客の待つ座敷に向かった。

下谷長者町《したやちょうじゃまち》にある畳表問屋《たたみおもてどいや》の野田屋《のだや》――それがお真紀の実家である。

主に「備後表《びんごおもて》」と呼ばれる高級な畳表を扱っており、お真紀の弟万作《まんさく》が三代目を継いでいる。筆墨問屋の白井屋とは何のつながりもなかったが、たまたま知り合いの医者から縁談を持ち込まれた。そして、お真紀はいぐさの香りのする野田屋から、墨の香る白井屋に嫁入りすることになったのだ。

「おっかさん、今年もお世話になりました。いつも同じものだけれど、どうぞ受け取ってくださいな」

歳暮の品として持参したのは、少々値の張る墨と筆だ。

商売物をそのまま渡すのはいささか芸がないけれど、筆も墨も商いには欠かせない。母のお重《しげ》は恭しく受け取って、お真紀に菓子とお茶を差し出した。

「ところで、今日はどうしたんだい。もっと早く来ると思ったのに」

「ごめんなさい。出がけに急な客が来て、出るのが遅くなったのよ」

幸い、久松屋の若御新造は物わかりのいい人だった。姑の不在を伝えるとすぐに帰ってくれたのだが、お真紀が実家に着いたのは昼過ぎになってしまったのだ。

とはいえ、油断は禁物だ。これからは義母さんの身内にも気を付けないといけないね。お豊はいいことを教えてくれたよ。

いつまでも内儀気分のまま、実家にいい顔をされては困る。お真紀が眉をひそめると、母はもの問いたげに口を開く。

「今年は太兵衛旦那が亡くなって、あんたも大変だっただろう。白井屋のみなさんは変わりないかい」

「ええ、おかげさまで」

本音を言えば、変わりがないわけではない。

だが、嫁いで十年も経ったいま、いちいち告げるまでもないだろう。お真紀が笑ってうなずいても、母は心配顔を崩さなかった。

「だったら、いいけど……太兵衛旦那が亡くなってから、とかくの噂を聞くからさ。肝心の商いは大丈夫かい」

「大丈夫に決まっているじゃないの。うちの人は四年前から白井屋の主人なんだもの。義父《おとっ》つぁんが死んだからって、白井屋の身代はびくともしないわ」

鼻息荒く言い返せば、母が気まずげに目を伏せた。

「だけど、今年は畳を替えないと言うからさ。さては商いにしくじったのかと思うじゃないか」

お真紀が嫁入りしてから毎年のように暮れは畳を替えてきた。今年に限ってしなかったので、悪く勘繰られてしまったらしい。

「畳を替えないのは喪中だからよ。金に困っているわけじゃないわ」

「そうかい、それならよかったよ」

安堵を隠さない母の態度に、ふと出がけに来た客のことが頭をよぎる。母は歳暮を届けに来た娘から、金の無心をされるとでも思ったのか。お真紀は内心むっとしつつ、話を変えることにした。

「ねぇ、おとっつぁんの具合はどうなの」

父は二年前から江戸煩い（脚気）がひどくなり、いまではほぼ寝たきりだ。はるかに元気だった舅のほうが先に死ぬとは思わなかった。

「あの人は相変わらずさ。ひとりで厠《かわや》にも行けないくせに、文句ばかり多くてね。世話をする女中をなだめるのが大変だよ」

「……そう」

どんな大店の主人でも病と老いには勝てないようだ。重苦しい雰囲気になったとき、母がいきなり手を打った。

「そんなことより、あんたにいい知らせがあるんだよ」

「あら、なあに」

何気なく尋ねれば、「孫が生まれた」と告げられた。

「野田屋の跡を継ぐ男の子で、名を万吉《まんきち》と言うんだよ。いずれあんたにも会わせてやるから」

予想外の知らせに仰天し、お真紀は顎を落としてしまう。三月前に父を見舞ったとき、弟の妻であるお律《りつ》の腹はふくらんでいなかったのに。

一体、誰が万作の子を産んだのか。恐る恐る尋ねると、

「万作が女中のお路《みち》を気に入ってね。暇をやったことにして、お律に内緒で囲っていたのさ。お路はすぐに身籠ったから、よほど相性がいいんだろう」

さも得意げに打ち明けられたが、お真紀の胸中は複雑だった。

お律は万作に嫁いで三度も子を流している。元女中が亭主の子を産むなんて、さぞかし傷ついているだろう。

とはいえ、母にとっては待ちに待った家継ぎの孫である。喜びに水を差したくなくて、ぎこちなく微笑んだ。

「あの万作がよく他の女に手を出したわね。『お律と一緒になれないなら、駆け落ちする』とまで言っていたのに」

「夫婦になって十二年も経てば、どんなに惚れた女でもありがたみがなくなるさ。万作も野田屋の主人としての自覚が出てきたんだよ」

てんで悪びれない母にうすら寒いものを感じながら、お真紀はこれまでのことを振り返った。

お律は同じ町内にある菓子屋「砂川《さがわ》」の養女である。

砂川の主人の妹が木場《きば》の材木問屋に嫁ぎ、幼い娘を残して亡くなった。その後、後添いに懐かない姪を見かね、砂川で引き取ったのである。

町内の大店同士、野田屋は砂川と古くからの付き合いがある。お真紀はひとつ下のお律を憐

れみ、妹のように面倒を見た。

遊びや手習い、稽古事まで一緒にやり、「実の姉妹のようだ」と言われたが、義理の姉妹になってからは挨拶しかしていない。弟の万作とお律のせいで、お真紀の人生が大きく傷つけられたからだ。

お律は砂川の跡取りである従兄《いとこ》ととても仲がよく、お真紀はいずれ二人が一緒になると思っていた。

しかし、お律が十七になったとき、砂川はよそから嫁をもらった。思いがけず小姑《こじゅうと》になってしまったお律はとたんに居づらくなったのか、幼馴染みで年下の万作に泣きついた。

昔からお律に気のあった万作は「お律を嫁に欲しい」と言い出したが、相手の為人《ひととなり》を知る両親から反対された。結果、二人は人目を盗んで逢瀬《おうせ》を重ね、お律が身籠ったとわかったのは、お真紀が嫁入りする三月前のことだった。

お真紀の縁談相手は、米沢町《よねざわちょう》にある呉服屋の跡取りだった。

両親は「良縁だ」と喜んでおきながら、いざとなれば跡取り息子のほうがはるかに大事だったらしい。お律の腹が目立つ前に祝言を挙げるため、「娘の祝言は延期させてほしい」と嫁入り先に申し出て、お真紀の縁談を駄目にした。

一方、お律はお真紀の花嫁衣裳を着て万作と祝言を挙げながら、嫁いだ直後に転んで腹の子を流してしまった。お真紀はあのときほど、自分がみじめでやりきれなかったことはない。

ないわ。

――こんなことなら、花嫁支度を譲ったりしなかった。万作とお律の顔なんて金輪際《こんりんざい》見たく

涙ながらに訴えれば、両親はさすがに後ろめたくなったのだろう。「もっといい嫁ぎ先を探してやる」とお真紀に約束してくれた。白井屋との縁談が舞い込んだのは、その二年後のことだった。

太一郎も妹の駆け落ち騒ぎで、半ば決まりかけていた縁談が流れたという。弟妹のせいで痛い目を見た者同士、とんとん拍子に話が進み――現在《いま》に至る。

「三年子なきは去るのが当たり前なのに、万作は『絶対に離縁しない』と言い張るし、お律は『すみません』と泣くばかり。あたしも気が気じゃなかったよ」

母は肩の荷を下ろしたと言いたげに、自分の肩を軽く叩く。

一之助が生まれていなければ、自分も同じ憂き目を見たのだろうか。お真紀は背筋に冷たいものを感じながら、気になったことを口にした。

「お路ってどんな女なの」

「色白ではかなげな、身寄りのない二十歳《はたち》の娘だよ。男なら誰だって『守ってあげたい』と思うような、ね」

妙に楽しげな口ぶりに、お真紀はいろいろ腑に落ちる。万作は昔から「かわいそうな女」に弱かった。

年上のお律に惚れたのも、実母を亡くし、実父に厄介払いされた少女が憐れだったせいである。母は息子の好みを承知の上で、似たような娘をあてがったのだ。

「万作も相変わらずだねぇ。野田屋の三代目がその調子で大丈夫なの？」

「ああ、女を見る目がない代わり、いぐさを見る目はあるからね」

母は食えない笑顔で断言すると、不意に表情を引き締めた。

「万吉は乳離れしたら、あたしの手で育てるよ。お路やお律に任せたら、どうなるかわかりゃしない」

「でも、表向きはお律が義母さんでしょう」

「ふん、意地悪な義理の母親に大事な孫を任せられるもんか」

お律は万作が元女中と子を生《な》したことに腹を立て、砂川に戻っているらしい。お真紀が眉をひそめると、母は湯呑に口をつける。

「あたしはこれを機に離縁しろと言っているんだけど、万作が納得しなくてね」

「なら、妾のほうはどうするの」

「そっちも放り出すわけにはいかないから、しばらくは囲っておくさ。万吉だってたまには実のおっかさんに会いたいだろう」

「……そうね」

「何より、万吉が無事に育つとは限らないもの。できればもう一人、お路が産んでくれると助かるのに」

ため息混じりの母の言葉がお真紀の胸に突き刺さる。

おっかさんだって女のくせに、よくそんなことが言えるわね。自分は子を二人産んだから、立派だとでも言いたいの。

野田屋の話とわかっていても、自分が責められているような気分になる。このままここに居続けたら、余計なことを口走ってしまいそうだ。

お真紀は素知らぬ顔で口を開いた。

「おっかさん、あたしも暮れは忙しいのよ。そろそろおとっつぁんを見舞って、お暇するわ」

「何だい、いま来たばかりじゃないか。もう少しゆっくりしてお行き」

母も実の娘と気兼ねのない話をしたいのだろう。強い調子で引き留められたが、お真紀は首を横に振る。

自分は野田屋の娘である前に、白井屋の主人の妻なのだ。お真紀がきっぱり言い切れば、母もそれ以上は引き留めなかった。

二

お真紀は自分のことを「それなりに運が悪い」と思っている。

とことん運が悪ければ、もっと貧しい家に生まれている。

しかし、本当に運がよかったら、最初の縁談が壊れることはなかっただろう。今日も実家を出たとたん、会いたくなかった義妹と出くわすことはなかったはずだ。

ここは何も知らないふりをして、挨拶だけして立ち去ろう。とっさにそう考えて、口を開きかけたときだった。

「義姉《ねえ》さん、助けてくださいっ」

いきなりお律に縋《すが》りつかれて、お真紀はその場に立ち尽くす。

「ちょ、ちょっと、いきなりどうしたの」

「あたしは毎日つらくって……うちの人に裏切られて、これからどうしたらいいのかわからない……」

涙声で嘆く相手に、さすがに動揺してしまう。

師走の往来はただでさえ人目が多い。野田屋の御新造が店の前でいきなり何を言い出すのか。とにかく人目のないところに行こうと、かつて二人でよく行った近所の茶店に足を向けた。

いま野田屋に戻ったら、おっかさんとお律の間で板挟みになるだけよ。それにしても、この子とまたここに来るなんて思わなかったわ。

少々値の張るこの茶店には、稽古帰りに二人でよく立ち寄った。茶を飲みながら厳しい師匠の悪口を言い、人気役者の誰が好きか話し合ったものである。

だが、お律が嫁に来たときから二人で出かけたことはない。

お真紀は女中にしばらく待つように言いつけると、二階の座敷で久しぶりにお律と向かい合った。

目に見えてやつれてはいるものの、子を産んで胴回りが肥えた自分と違い、お律はいまも娘のような身体つきだ。すでに三十路を超えているのに、歳よりもはるかに若く見える。万作に限らず、こういう女に惹かれる男は多いだろう。

しかし、か弱そうに見える女が真実弱いとは限らない。

お律は実の両親との縁が薄く、養父母に甘やかされて育ったせいか、ひどくわがままなところがあった。

店の前で騒いだのも、妾の子を引き取りたくないからでしょう。気持ちはわからないでもないけれど、いい加減に大人になりなさいよ。

お真紀は腹の中で毒づいて、洟《はな》をすする相手に切り出した。

「それで、お律ちゃんはあたしに何の用なの。ぐずぐず泣いていないで、早く話してちょうだい」

ことさら迷惑そうな顔をすれば、お律はおずおずと口を開く。

「義母さんから聞いたでしょう……万作さんが女中に手を付けて……その女が子を産んだって」

「ええ。跡取りができたって喜んでいたわ」

もったいぶらずに認めれば、お律は傷ついた表情から一転、般若のように目を吊り上げた。

「跡取りなんて冗談じゃないっ。お路はしおらしいふりで、男に色目を使う性悪だよ。妾として囲っていても、誰の種だかわかるもんか」

その剣幕と語気の鋭さにお真紀はたじろぐ。

自分はお路という女中を知らないけれど、母は名うてのしっかり者だ。そこまで性質の悪い女を息子にあてがうとは思えないが。

返事を忘れて黙り込めば、お律の目つきが凄みを増す。

「義母さんも、うちの人もお路の猫かぶりにすっかり騙されてさ。ああいう弱々しく見える女ほど、腹の中は真っ黒なんだ。このままにしておけば、野田屋は腹黒お路に乗っ取られるよ」

自信たっぷりに断言されて、お真紀は何だかおかしくなる。

ああいう弱々しく見える女ほど、腹の中は真っ黒――他でもないお律にそう言われると、やけに説得力があった。

嫁入り前に身籠ったあんたが他人のことをとやかく言えるのかい。妾の子が誰の種だかわからないなら、あんたの腹にいた子だって怪しいもんだ。

お真紀は腹の中で嫌みを言い、口では違うことを言う。

「でも、万作の種じゃないって証もないでしょう。おっかさんと万作が認めているなら、あたしはとやかく言えないわ」

　血のつながった母や弟を敵に回して、嫁の味方をする気はない。そんな本音をにじませると、お律は癇癪玉《かんしゃくだま》を破裂させた。

「あたしはお真紀ちゃんの幼馴染みで、義妹でしょう。それに野田屋は実家じゃないの。よくひとごとみたいな顔ができるわね」

「そんなことを言われても……あんたはあたしに何をさせたいのよ」

　言い合いに疲れて尋ねれば、お律はお真紀の手を取った。

「義母さんからお路の住まいを聞き出して、あたしに教えてちょうだい」

　お律は去年の暮れあたりから、亭主の様子がおかしいことに気付いていたらしい。

　しかし、かつての女中を囲っているとは思ってもみなかったとか。

「野田屋の主人ともなれば、女遊びくらいするでしょう。玄人《くろうと》と遊ぶ分にはとやかく言う気はなかったのに、義母さんからいきなり『お路が万作の子を産んだ』と告げられて……しかも、その子を引き取って跡取りにすると言われたのよ。そんなの承知できるもんですか」

　悲鳴じみた声で訴えられて、さすがにお律が憐れになる。

　自分が同じ立場なら、同じように取り乱すだろう。母や万作はそれを見越して、子が生まれるまで隠していたのだ。

　いまのお律に妾宅の場所を教えたらどうなるか。お真紀は嫌な予感がして、確かめずにはいられなかった。

「それを聞いて、どうするつもりよ」

「もちろん、お路と赤ん坊を追い出してやるわ。二人がいなくなれば、うちの人の目も覚めるでしょう」

胸を張って告げられて、お真紀は頭が痛くなる。そんなことをすれば、追い出されるのはお律のほうだ。

「あたしは三度子を流したけれど、まだ三十一だもの。自分の子が産めるのに、どうして妾の子を引き取って跡取りにしないといけないの」

そう訴えたい気持ちはわかるが、正直難しいだろう。万作は妻の身体と店のことを考えて、妾に子を産ませたのだ。お真紀は自分の都合しか考えないお律にうんざりした。

「そんなに妾の子を引き取りたくないのなら、離縁して砂川に帰ったら？」

十二年も子ができなかったのだから、離縁されても文句は言えない。他にとるべき道はないというのに、言われた相手はいきり立つ。

「馬鹿なことを言わないで。養女のあたしが出戻れるはずないでしょう」

歯ぎしりが聞こえそうな形相で、お真紀は睨みつけられた。

そういえば、お律ちゃんは砂川の主人と一時は恋仲だったっけ。御新造さんが許すはずなかったわね。

これが実の兄妹なら――いや、実の妹でも嫁いで十年以上経ってしまえば、出戻ることは難しい。親が主人の間はまだしも、代替わり後は肩身が狭い。

「だったら、生さぬ仲の子を育てるしかないじゃないの。野田屋にとって大事なのは、店の主人と跡取りよ。産まずの嫁じゃないいんだから」

容赦なく真実を突きつければ、お律はいまにも摑みかかってきそうである。

だが、それに怯《ひる》むようなお真紀ではない。口の端をひん曲げて、ここぞとばかり嫌みを言った。

「あんただって万作の子を身籠ったから、野田屋の嫁になったんじゃない。しかも、あたしの花嫁衣裳を横取りして派手な祝言を挙げておきながら、大事な腹の子を流しちまって」

昔のことを持ち出せば、さすがのお律も言葉に詰まる。お真紀は咳払いしてお茶を飲んだ。

「あのとき、しみじみ思ったわ。商家にとって大事なのは、主人と跡取りだけだって。娘なんてどうでもいいのよ」

そして、空になった湯呑を置き、居住まいを正してお律を見る。

「いま下手に騒いだら、追い出されるのはあんたのほうよ。誰の種だかわからないなんて二度と言わないほうがいいわ」

諭すように付け加え、皮肉なことに気が付いた。

お律は義理の母を嫌って、伯父夫婦の養女になった。そのお律が生さぬ仲の子を育てる羽目になるなんて……。

もし、お律ちゃんが生まれた家で育っていれば、どうなっていたかしら。確か、木場の材木問屋だったわよね。

下谷は江戸の北、木場は江戸の南と離れている。お律が生まれた家で育っていれば、子供の頃に万作と知り合うこともなかったし、自分が白井屋に嫁ぐこともなかっただろう。無言で考え込んでいると、「何よ」と震える声がした。

「あたしがこんな目に遭って、いい気味だと思っているんでしょう。十二年前の敵が取れてよかったわね」

あてつけがましく吐き捨てられて、お真紀はふと思い出す。

お律に奪われた白無垢《しろむく》の花嫁衣裳は、無数の羽ばたく鶴が織り込まれていた。嫁ぎ先の呉服屋が京から取り寄せた反物で仕立てたもので、それを着て嫁ぐ日を心待ちにしていたのである。

――こんなことになるなんて、あたしも万作さんも思っていなかったの。お真紀ちゃん、堪忍してちょうだい。

お真紀の縁談が流れたとき、お律は涙ながらに頭を下げた。

だが、「ごめんなさい」で許されるなら、喧嘩も仇討《あだうち》も起きないだろう。お真紀は許す気になれなかった。

その二年後に白井屋との縁談が決まると、お律はこう言ったのだ。

――筆墨問屋の白井屋はたいそう繁盛しているんですって。前の縁談が流れて、かえってよかったじゃないの。

まるで「感謝しろ」と言いたげな口ぶりに、改めて怒りが込み上げた。

仮に自分がお律の不幸を喜んでも、これまでのことを考えればとやかく言われる筋合いはない。因果応報とはこのことかと思っていたら、お律はなぜか急にいやらしい笑みを浮かべた。

「ふん、ひとごとみたいな顔をしているけど、お真紀ちゃんだっていつあたしのようになるかわからないわよ」

「あら、どうして」

「白井屋の先代は女好きで有名だったじゃない。お真紀ちゃんの亭主も隠れて妾を囲っているかもしれないわ」

それが苦し紛れの言いがかりだとわかっていても、お真紀の胸は波立った。事実、太一郎の浮気を疑ったことがあるからだ。

死んだ舅と違い、太一郎は真面目一途の堅物である。

本気で思う女ができたら、こっちが離縁されかねない。一之助という跡取りがいても、妻の座は安泰とは言えないのだ。お真紀は亭主の心変わりを恐れつつ、もうひとりの義妹を初めて見直した。

お秀が駆け落ち相手に先立たれたのは、二十三のときだという。普通なら幼い娘を言い訳に実の親を頼るだろう。

しかし、お秀は白井屋に戻らなかった。舅の臨終間際に初めて顔を見たけれど、気の強そうなうりざね顔が姑とよく似ていた。

見るからに貧しそうとはいえ、元の顔立ちは悪くないんだもの。こぶ付きだって言い寄る男はいたでしょうに、よく独り身を通しているわよね。あたしにはとても真似できないわ。

どんなに好きな相手でも、一生貧乏は願い下げだと思っていると、

「ちょっと、どうして何も言わないのよ。あたしを馬鹿にしているのっ」

無言のお真紀に苛立って、お律はいきなり畳を叩く。その大声に驚いて物思いから我に返った。

「ご心配なく。うちの人は義父つぁんとは違います」

実際、妻に隠れて妾を囲っていたのは、死んだ舅のほうだった。太一郎は父に頼まれて、妾に手切れ金を渡しただけだ。

そんな事情を知らないお律は不満そうに鼻を鳴らす。

「ふん、そう思いたいだけじゃないの。あたしだって亭主を信じていたけれど、まんまと裏切られたわよ」

お律にすれば、そう言いたくもなるだろう。万作は子供の頃から一途にお律を思ってきた。他の女に手を出されるなんて夢にも思っていなかったはずだ。

「三度も腹の子が流れたのは、あたしが悪いわけじゃないのに……どうして、あたしばっかりこんな思いをしなくちゃならないのっ」

お真紀は再び畳を叩き、吠《ほ》えるように訴える。

もし、万作と一緒にならなければ……。

もし、砂川の養女にならなければ……。

お律の中ではさまざまな後悔が渦巻いているのだろう。そして、お律がいなければ、自分はどうなっていただろうか。

泣き伏すお律を見下ろしながら、お真紀は埒《らち》もないことを考えた。

三

どれほど泣こうがわめこうが、人生をやり直すことはできない。

騒ぎ疲れてお律が静かになると、お真紀は供の女中に命じた。

「あたしはこの人を野田屋に連れていくから、おまえは先に戻っとくれ。帰りは駕籠を使うから心配いらないよ」

女中は泣きはらした顔でぐったりしているお律を見て、面倒のにおいをかぎ取ったようだ。余計なことは一切聞かずに、頭を下げて茶店を出た。

お真紀はお律を背に隠し、茶店の裏から野田屋に戻る。迎えた万作と母に引き留められたが、振り切るようにして外に出た。

歳暮を届けに来ただけなのに、こんな目に遭うなんてついてない。お真紀は辻駕籠《つじかご》を拾うべく下谷広小路へと歩き出し――いくらも進まないうちに足を止めた。

義母さんだって、いつもひとりで出歩いているじゃない。あたしもたまにはひとり歩きをしたっていいわよね。

師走とはいえ、日はまだ高い。

吹く風はさすがに冷たいけれど、頭が冷えてちょうどいい。

いま暗い駕籠の中に閉じ込められたら、お律の悲痛な叫び声を思い出してしまうだろう。お真紀は冬の日差しを浴びながら、通油町へと歩き出した。

それにしても、さっきはきつく言いすぎたかもしれないね。あの子は浮気した亭主と、妾の産んだ子に挟まれて暮らすことになるんだもの。もう少しやさしくしてやればよかったわ。

離れると、にわかにお律のことが心配になる。自分だって一之助が無事に育っていなければ、同じ目に遭ったかもしれないのだ。

母は娘がお律に同情しているなんて、かけらも思っていないだろう。大店の嫁は跡取りを産み、育てることが一番の仕事だ、浮気は男の甲斐性だと、お真紀に教えた人だから。

でも、おっかさんだって本当は亭主の浮気が嫌だったくせに。おとっつぁんが寝たきりになってから、世話をしないのがその証拠よ。

女だてらに算盤《そろばん》が達者な母はよく店の帳面を検めていた。息子が跡を継いでからはますます帳場にいることが増え、「店が忙しくて、亭主の看病をしている暇がない」とうそぶいている。

姑は舅が死んでから、ひとりで遊び歩くようになった。

母も父が寝たきりになり、我が物顔で店に居座っている。

女の幸せは亭主次第と言いながら、実は亭主がいなくなってから本当の幸せが始まるのか。

そんな思いが浮かんだとき、けたたましい声が迫ってきた。

「どきな、どきなっ。ぼんやり歩ってんじゃねぇ」

師走の江戸はいつも以上に人出が多い。お真紀は向こうから駆けてくる中間を避け、再度実の両親について考えた。

早い遅いの違いはあれど、死は誰にでも訪れる。

だが、そこに至る道のりは人によって異なるらしい。お真紀は舅の死に目に立ち会い、その思いを強くした。

――いまさら女房孝行だなんて、どの面下げて言うんだか。あの人は口ばっかりなんだから。

四年前、隠居した舅と離れで暮らしだしたとき、姑は口では文句を言いながら、顔には喜びがにじんでいた。

野田屋の父にその話をしたところ、「わしも万作が三十になったら隠居して、女房孝行してやろう」と言っていたのに、江戸煩いが悪化して女房孝行どころではなくなった。

おとっつぁんには気の毒だけど、おっかさんはほっとしたはずよ。白井屋の義母さんと違って、とっくに亭主を見限っていたもの。

夫婦の仲ほど、傍からうかがい知れないものはない。

お真紀がそう思ったとき、山ほど荷を積んだ大八車が車輪をきしませ近づいてきた。見るからに重そうなそれを引いているのは、白髪頭の年寄りである。

あの歳になっても力仕事をしているなんて……でも、おとっつぁんはお金があっても寝たきりだもの。どっちがましかわからないわね。

寒空に汗をかきながらゆっくり進む背中を見送り、お真紀は再び歩き出す。

父は人並みに女遊びをして、妾に子を産ませている。お真紀は風の噂でそれを知り、母に真偽を問い質した。

――おとっつぁんが妾に子を産ませたのは本当だけど、とうに縁は切れている。誰が何と言おうと、あんたと万作に妹なんかいやしないよ。

妾は他の男と所帯を持ち、親子三人で暮らしているとか。「野田屋とは何の関わりもない」と言い切る母は、能面のような顔をしていた。

お真紀が知る限り、父の妾はひとりだけだ。

外腹の子さえいなければ、母に愛想を尽かされることはなかっただろう。お真紀も子ができて、母の気持ちがよくわかった。亭主が他の女を抱くのは許せても、他の女が我が子の弟妹を産むことは許せない。

そんな思いをした母が息子に妾をあてがって子を産ませたのだから、つくづく皮肉なものだと思う。

舅は遊び慣れていた分、女心をわかっていた。妾が何人いようとも子は産ませなかったから、姑は愛想を尽かさなかった。

もっとも、「女房孝行」の間に舅は痛い目を見たようだが、その四年間があったから、姑は亭主を自ら看病したのである。死後に妾のことがばれなければ、「めでたし、めでたし」で終われたはずだ。

――本当にお疲れさまでした。もう頑張らなくともいいですから。

舅が息を引き取る間際、手を握る姑はかすかな声で呟いた。

いつも意地の悪いことばかり言う年寄りが発したものとは思えない、やさしく穏やかな声だった。

野田屋の父が亡くなるとき、母はどんな言葉をかけるのか。お真紀は想像してみたけれど、相手を労わるような言葉は浮かばなかった。

万作はおとっつぁんと違ってお律一筋だったのに……世の中は本当に意地が悪くできているわね。

亭主の太一郎も弟同様、実の父とは似ても似つかぬ堅物だ。しかも姑から「嫁を大事にしろ」と言われて育ったらしく、姑の前ではお真紀の肩を持ってくれる。

その太一郎に女がいると勘違いしたとき、足元が崩れる思いがした。

実の母に相談すれば、「浮気は男の甲斐性だ。それくらいでうろたえるな」と説教されるのは目に見えていた。切羽詰まって姑に相談すると、こっちがびっくりするくらい親身になってくれたのだが……。

まさか、あたしよりもはるかに若い女が義父つぁんの妾だったなんて。白井屋太兵衛も最後の最後でしくじったわね。

物思いにふけりながら歩いていると、七ツ（午後四時）の鐘が鳴り出した。もうじき通油町の木戸が見えるだろう。

だが、いまはまだ白井屋に戻りたくない。

白井屋の御新造でも、野田屋の娘でもない、ただのお真紀でいたかった。

今日は昔のことばかり思い出すから、あたしが嫁入りするはずだった米沢町の呉服屋に足を延ばしてみようかしら。邪魔なお供がいないおかげで、余計な詮索をされないしね。

そう思いついた瞬間、姑が両国の寄席に行ったことを思い出す。

しかし、あの界隈《かいわい》もいつも以上の人出のはずだ。米沢町への行き帰りで、ばったり出くわすとは思えない。

万が一顔を合わせても、こっちに疚《やま》しいところはない。お真紀は意気込んで歩き続け、目当ての店の暖簾をくぐった。

「いらっしゃいまし。何をお探しですか」

すかさず寄ってきた手代に構わず、さりげなく帳場に目を向ける。

白髪混じりの番頭らしき男が座っているが、主人は不在なのだろうか。お真紀は勢い込んできた分、出鼻をくじかれた気持ちになった。

「ええと、半衿《はんえり》が欲しくって」

とっさに金のかからないものを口にすれば、手代は「ただいまお持ちいたします」と笑顔で応え、お真紀のそばからいなくなった。

ぐるりと店内を見渡せば、師走の呉服屋は華やかで、女客が広げる色鮮やかな反物がまるで錦の川のようである。筆墨問屋とは大違いだと、お真紀はこっそりため息をつく。

呉服屋は女相手の商いだから、主人の妻の出番も多そうだ。着飾った自分が娘客に着物を見立てている姿を想像し、ふと後悔じみた思いがよぎる。そこへさっきの手代が盆を手に戻ってきた。

「いくつか半衿をお持ちしました。お好みのものはございますか」

黒い塗りの盆の上には、さまざまな半衿が並んでいる。ひとまず無難な白の半衿を手に取ると、背後で「旦那様、お帰りなさいまし」と声がした。

十二年ぶりに見る許婚《いいなずけ》はどんな男になったのか。

弾かれたように振り返れば、見覚えのない羽織姿の男が立っている。

顔立ちはちょっと似ているけれど、向こうは自分より五つも年上だった。こんなに若いはずがないと、お真紀は手代に探りを入れる。

「あの、こちらのご主人は栄之助《えいのすけ》さんじゃないんですか」

「お客さん、先代をご存じですか」

許婚だった跡取りの名を言えば、手代が困ったように眉を寄せる。そして、周囲を憚るように声を潜めた。

「栄之助は跡を継いでまもなく胸を患いまして、去年から江戸を離れて療養しております」

思いがけない話に驚き、お真紀はとっさに口を押さえる。風の噂で跡を継いだことは聞いていたが、病のことは知らなかった。

「それじゃ、栄之助さんの御新造さんは」

「はい、先代に付き添って江戸を離れました。いまは弟の栄次《えいじ》さんが店を任されているのでございます」

お真紀は呆然としながらも、手に取った半衿を買って店を出た。

年を取ったかつての縁談相手を見て、あり得たはずの人生にけじめをつけるつもりだった。

まさか重い病を患って、店から追い出されていたなんて……。弟が跡を継いだということは、治る見込みがないのだろう。

妻は亭主に付き添ったそうだが、二人の子はいないのか。自分が栄之助の妻だったら、病の夫に尽くすことができただろうか。

嫁ぎ先が白井屋になってよかったわねと、昔お律に言われたけれど……確かにそうかもしれないわ。

お真紀は思わず胸を押さえ、奥歯を強く嚙みしめた。

かつて栄之助は親の言いなりになってお真紀を捨てた。妻が不治の病にかかれば、ためらうことなく離縁して新たな嫁を迎えただろう。

しかし、女はそうもいかない。

病の亭主に見切りをつけて実家に戻ってみたところで、よりよい再縁先などあるはずがない。泣く泣く年寄りの後添いに納まるか、実家の厄介者として小さくなって生きるのが関の山だ。

栄之助の妻はそれらを天秤《てんびん》にかけた上で、最後まで亭主と連れ添うことにしたのだろう。

あたしは「それなりに運が悪い」と思っていたけど、むしろ運がよかったのかもしれないわ。うちの人は商人としては冴えなくとも、亭主としては上等だもの。ちゃんと跡継ぎにも恵まれたしね。

夫婦に子ができないのは、女のせいとは限らない。

だが、いつだって男ではなく、女だけが責められる。お真紀はこれまでの人生を振り返り、沈む夕日に目を向けた。

もうじき暮れ六ツ、誰《た》そ彼《がれ》どきだ。

徐々に辺りが暗くなり、家路に向かう男たちの顔さえはっきり見えなくなってしまう。

最初の縁談が流れたとき、お真紀は己が傷物になったと思った。両親は「もっといい嫁ぎ先を探してやる」と言ってくれたが、当てにはならない。

あのときは「ちゃんとした店の跡取りなら、誰でもいい」と思っていた。太一郎だって似たような気持ちだったはずである。

それでも十年連れ添えば、互いにかけがえのない人になる。

弟とお律のように、お秀と死んだ亭主のように、惚れ合って一緒になったわけではない。

だが、成り行きで始まった二人の縁は、いまではどの夫婦より固く結びついている。もはや「誰でもいい」わけではない。自分の亭主は白井屋の四代目、太一郎でなくては駄目なのだ。

あの人が息を引き取るときが来たら、手を握って言ってやらなくちゃ。商人としては義父つぁんに遠く及ばないけれど、亭主としてはおまえさんのほうがはるかに上だったって。

そのとき、太一郎はどんな顔をするだろう。お真紀は忍び笑いを漏らし、白井屋に帰るべく歩き出した。

四

お真紀が家に着いたとき、とっくに日は落ちていた。

内心ハラハラしながらお豊に姑が戻っているか尋ねると、「まだです」と答えられてほっと胸を撫《な》で下ろす。

白井屋の義母さんは口うるさいけど、だから付き合いやすいのかもしれないわ。野田屋のおっかさんみたいに、黙って嫁を陥れたりしないもの。

太一郎に妾がいると訴えたときだって、お真紀の味方をしてくれた。太一郎が妻を大事にするのだって、姑の教えのおかげである。これからは小言を言われても、根に持たないように心がけよう。

そして夕餉の後、夫婦だけになったところで太一郎から尋ねられた。

「今日は帰りが遅かったが、野田屋で何かあったのか」

「ええ、ちょっと。向こうは嫁と姑の仲が悪くて、派手に揉めているんです」

女中にお律を見られたものの、妾の子を引き取るのはまだ先の話である。お律がこのまま引っ込むとは思えないし、今日は実家で起こったあれこれを黙っていることにした。

赤ん坊が乳離れするまでに、早くて一年はかかるもの。その間に命を落とさないとも限らないしね。

　一之助だって乳飲み子のうちは熱を出して寝込むことが何度もあり、どれほど肝を冷やしたことか。だからこそ、二人目の子を産めと周りがうるさかったのだが。

「そりゃ、大変だ。ところで、何で揉めているんだい」

「え、ええと……」

　意外にも亭主に食い下がられて、お真紀が返す言葉に詰まる。

　太一郎は腕を組み、見下すように鼻を鳴らした。

「人の口に戸は立てられないと言うだろう。野田屋の妾が子を産んだという話は、俺の耳にも届いているよ」

「えっ」

「今日はおまえの口から噂の真偽を聞けると思っていたんだが……とぼけるなんて水臭いじゃないか」

　考えてみれば、お律は店の前でこれ見よがしに騒いでいた。すでに世間の噂になっていてもおかしくない。内心青くなったお真紀に構わず、太一郎が独り言ちる。

「たとえ妾が産んだ子でも、義理の弟の長男だ。早々に祝いの品を贈らないといけないな」

「それは待ってくださいな。赤ん坊を引き取るのは乳離れしてからだとおっかさんが言っていたもの」

いま白井屋から祝いの品が届けば、お律が逆上してしまう。血相を変えて反対すると、太一郎はためらった末にうなずいた。

「それにしても、あの万作さんが妾を作るとはね」

太一郎はお真紀の縁談が流れた事情を知っている。意外そうな呟きに、お真紀は苦笑するしかない。

「お律に惚れていたからこそ、万作は妾に子を産ませたんですよ。でないと跡取りを得るために、新たな嫁を迎えなくちゃいけないもの」

いまは頭に血が上っているが、いずれお律も万作の思いがわかるだろう。三十路を過ぎて野田屋を追い出されるくらいなら、義母として妾の子を育てるほうがはるかにましなはずである。

そして、お真紀は嫌なことを思い出した。

「そういえば一之助が小さい頃、よくおっかさんに言われたわ。二人目の子が生まれたら、野田屋にもらえないかって」

母にとっては、お真紀の子も血のつながった孫である。赤の他人の子を養子にするより、娘の子がいいと思ったようだ。

そんな母の期待に反し、お真紀は二人目を授からなかった。

母や姑からちくちく嫌みを言われたけれど、お真紀自身はほっとしていた。一之助が難産だったことに加え、弟妹なんていないほうがいいと思っていたからだ。

二人目の出来がよければ一之助が肩身の狭い思いをするし、出来が悪ければ足を引っ張ってしまう。

天の神様はお真紀の事情を承知していたのだろう。いくら母に頼まれても、腹を痛めた実の子を易々《やすやす》と手放すことなどできるものか。

「お律は妾が産んだ子より、あたしの子のほうがよかったかもしれないけれど。こればっかりはねぇ」

「ああ、子は実の親に育てられるのが一番だ」

きっぱり言い切る太一郎にお真紀の胸は温かくなる。やっぱりこの人に嫁いでよかったと思っていたら、

「万作さんも跡取りが欲しいなら、お律さんを離縁して若い嫁をもらえばよかったんだ」

まさかの台詞に驚いて、お真紀は目を瞠《みは》る。「おまえさん、それは」と言いかけると、太一郎に遮られた。

「妾の子を引き取って跡取りにすれば、その子は一生後ろ指をさされてしまう。万作さんも我が子に酷な真似をするものだ」

言いたいことはわかるけれど、それでは妻はどうなるのか。お真紀はにわかに気色ばみ、太一郎を睨みつける。

「ちょっと待って。離縁されたら、お律はどうなるの。いまさら砂川に出戻ることなんてでき

ないわ」

「だが、跡取りを産めない妻は身を引くのが筋だろう。実家を頼れないなら、働けばいいじゃないか」

太一郎の言い分は自分と大きく異なるわけではない。

それでも、亭主の口から聞くと裏切られたような気分になる。お真紀は自分が言ったことを棚に上げ、お律の肩を持つことにした。

「女に働けばいいなんて簡単に言わないでちょうだい。あたしもお律もそんな安い育ちをしていないわっ」

幼いときから奉公人にかしずかれ、何不自由なく育ってきたのだ。人に使われて生きるなんて、思っただけで気が遠くなる。

一方、太一郎はお真紀の剣幕に驚いたらしい。大きく目を見開いて「なるほど」と顎を引く。やけに冷ややかなまなざしに、お律の言葉がよみがえった。

――ひとごとみたいな顔をしているけど、お真紀ちゃんだっていつあたしのようになるかわからないわよ。

お律は亭主の浮気を心配しろと言っていたが、太一郎は恐らく浮気はしない。

ただし、跡取りに何かあれば……。お真紀は不安に襲われて、亭主の着物の袖を摑む。

「この先一之助の身に何かあったら、あたしは離縁されるんですか」

一之助は歳のわりに身体が小さいけれど、いまは病弱というわけではない。

だが、丈夫だったはずの栄之助だって病に倒れている。一之助が若くして不治の病にかかったり、大怪我《おおけが》をするようなことがあれば、新たな跡取りを得るために自分は白井屋を追われるのか。

悲鳴じみた声で尋ねれば、太一郎は焦ったように首を振った。

「おい、縁起でもないことを言うな」

「でも……」

「一之助にもしものことがあれば、出来のいい養子をもらえばいい。いまさら離縁などするものか」

強い調子で打ち消され、お真紀の肩から力が抜ける。うっかり勘違いしかけたけれど、うちの亭主はやっぱりやさしいと思ったとき、

「俺は万作さんより四つも上だ。これから赤ん坊を育てていては、一人前になるのを見届けられるか怪しいだろう」

真剣な顔つきで続けられ、お真紀の顎がだらりと下がる。若い嫁をもらわないのは、妻のためではないらしい。

商人としてはいまひとつでも、いい亭主だと思っていた。

だが、いまの話を聞く限り、太一郎は店のことしか考えていない。さっき亭主を見直したの

は、とんだ早とちりだったようだ。

十年も連れ添っておきながら、妻を何だと思っている。憤りもあらわに睨みつけると、食えない亭主と目が合った。

「商家の嫁の役目が跡取りを産むことなら、主人は店を守り、跡取りを育てることが役目だろう。色恋に目がくらんで役目を蔑ろにしていては、代を重ねることなどできるものか」

理屈はそうでも、妻に対する情はないのか。

とことん理の勝った考え方に白井屋太兵衛の面影を見る。似ているのは顔だけだと思っていたが、そうとばかりは言えないようだ。

だったら、肝心の商才も似ていてくれればよかったのに。ひそかにがっかりしていると、太一郎が腕を組む。

「しかし、一之助に『もしものこと』か。よし、おとっつぁんの一周忌にはお秀と娘も招くとしよう」

「あら、どうしてです」

お秀は舅の葬式には招いたものの、その後の付き合いはない。

店を一番に考えるなら、白井屋の名に泥を塗った相手とはこのまま縁を切るべきだろう。お真紀が怪訝《けげん》な声を出せば、太一郎は苦笑する。

「お秀は俺のたったひとりの妹で、一之助の叔母だ。いざというときは、赤の他人より信用できる」

　ひとりっ子の一之助には、叔母や従姉がいたほうがいいと言われ、お真紀は不機嫌を隠さなかった。

「でも、お秀さんはお金に困っているんでしょう。向こうに頼られることがあったとしても、逆はないいんじゃないですか」

　久松屋の若御新造も姑の姪という立場を使い、金を借りに来たのかもしれないのだ。足を引っ張る身内ならいないほうがましである。眉をひそめて訴えても、亭主は考えを変えなかった。

「向こうに頼るつもりがあれば、とっくに泣きついて来ているさ。お秀はおっかさんに似て意地っ張りだから、そんな心配はいらないよ」

「でも……」

「あいつは俺より若いし、姪のお美代は一之助より二つ上だ。俺たちが死んだ後も、恐らく生きているだろう。一之助が馬鹿な真似を仕出かしたら、きっとお秀は黙っていない」

「おまえさんの気持ちはわかるけど、あたしの実家だってあるんです。一之助に何かあったら、万作が手を貸してくれますよ」

　いまは家内で揉めていても、弟は野田屋の主人である。裏長屋暮らしのお秀よりはるかに頼りになるだろう。

　しかし、太一郎は頭を振った。

「商家の主人にとって大事なのは己の店だ。たとえ叔父でも損得抜きで助けてくれるか怪しいからな」

自分自身、野田屋の厄介事には関わりたくないと思ったばかりである。亭主の言い分に異を唱えることはできなかった。

「おっかさんから聞いた話じゃ、お美代はお秀に輪をかけた口達者らしい。一之助が張り合って、やる気になったら万々歳だ」

満足そうに告げる太一郎とは裏腹に、お真紀は心穏やかではない。

白井屋には面倒な小姑がいないという触れ込みだったのに、まさかいまになって現れるとは……。

やはり、自分はそれなりに運が悪い。お真紀はこっそり息を吐いた。

第五話　誰にも言えない

四代目長男　一之助

一

一之助は初めて筆と墨に触れたときのことを覚えていない。

聞けば、畳を這っていたときに文机《ふづくえ》の硯《すずり》を落としてしまい、腹掛けや畳まで真っ黒にして女中に悲鳴を上げさせたとか。

覚えている初めては、たぶん五つのときである。地べたに棒で絵を描いていたら、通りかかった父が紙と矢立《やたて》をくれたのだ。

――おまえは筆墨問屋の跡取りだから、これを使って描けばいい。着物を汚さないように気を付けろよ。

言われるがまま筆を握り、白い紙に線を引く。黒く滑らかな線がうれしくて、しばらく夢中で描いていた。

地べたの絵はどんなに上手く描けたって、すぐに跡形もなく消えてしまう。

一方、筆と墨で描いた絵は一晩経ってもなくならない。それが子供心にうれしくて、絵を描くのがますます楽しくなった。ただし墨で着物を汚してしまい、いつもは甘い母に叱られたが。

六つで手習いを始めると、筆と墨はより身近なものになった。それから一、二年ほど過ぎたところで、隠居した祖父に呼ばれたのだ。

七つか八つになっていれば、人の上下を理解する。祖父は特別偉い人だと知っていたので、こちらからは近寄らないようにしていた。

急に呼ばれるなんて一体何の用だろう。何か粗相をしただろうか。おっかなびっくり離れに行けば、祖父と祖母が揃っていた。

――一之助、おまえは筆や墨がどういうものか知っているか。

開口一番尋ねられ、一之助は困って首を傾げる。

知っているも何も、筆と墨は字や絵を描く道具だろう。

それとも、他に使い道があるのだろうか。たどたどしい孫の説明に、祖父は「なるほど」とうなずいた。

――これはわしの尋ね方が悪かった。では、筆と墨がなかったら、この世はどうなってしまうと思う。

真剣な表情で改めて尋ねられ、一之助は考えた。

筆と墨がなかったら、手習いのときに困るだろう。白井屋の番頭はよく帳面に何か書いている。店でも困ったことになりそうだ。絵も描けなくなってしまうから、絵師も途方に暮れるかも……。

思いつくまま口にすれば、祖父が楽しそうに目を細める。

――それだけじゃないぞ。文のやり取りもできなくなって、遠方の人とは付き合えなくなる。大工は図面を引けなくなり、家を建てられなくなるかもしれん。記録を残せなくなってしまうから、学問や政《まつりごと》も滞るだろう。悪党の人相書きも描けなくなって、世の中はますます物騒になるだろうな。

筆と墨がないだけで、それほど困ったことになるのか。一之助が驚いて目を瞠ると、祖父は得意そうに胸を張った。

――人はすぐに忘れるが、書き記したものはいつまでも残る。だから、いまを生きる人間が先人の知恵を学ぶことができるのだ。墨と筆はこの世を支える礎《いしずえ》だぞ。

ゆえに「筆墨問屋は何よりも大切な商いだ」と自慢され、一之助はうなずいた。

祖父に言わせると、商人は己の売り物に誇りを持つべきなのだとか。「大事なものを売っている」「他所《よそ》よりもいいものを売っている」という自信がないと、商売で勝つことはできないそうだ。

一之助はそのとき言われたことをすべて理解したわけではない。それでも、筆と墨がとても大事なことは理解した。

以来、離れに出入りして、暇を持て余している祖父とおしゃべりをするようになった。祖父は祖母がそばにいるときと、いないときとで態度が違った。祖母がいるときはふんぞり返って商いの話をするくせに、いないときは猫背になって己の身の上語りをする。

――墨と筆は二つ揃って役に立つ。だが、紙がなくても困るから、紙問屋の娘を嫁にもらったんだ。

――紙屋の娘ならあまりものを言わないかと思いきや、かかぁはかかぁでも山の神だったようでなぁ。おっかないったら、ありゃしない。

――白井屋の初代は筆作りの名人だったんだぞ。初代が親方と仲違いしなければ、わしも職人になっていたかもしれないな。

笑い混じりの打ち明け話を黙って聞いているうちに、祖父は息子や娘のことも語り出した。父が子供のときの失敗談は身を乗り出して聞いたけれど、叔母の駆け落ち話は興味がなかった。いくら血がつながっていると言われても、会ったことのない人だ。適当に聞き流していると、祖父は同じ話を繰り返す。

――いい縁談があったのに、売れない浮世絵師なんぞに惚れ込んで……親不孝な真似をするから、亭主に先立たれるんじゃないか。

――向こうから頭を下げてくれれば、許してやることもできたのに。お秀は昔っから意地っ張りで始末が悪い。

親に逆らった娘への文句は祖母の足音と共に終わりを告げる。そして、「いまの話は内緒だぞ」と口止めされた。

ところが、亡くなる半年くらい前から祖父の話の風向きが変わった。

——女の細腕一本で、娘を養うなんてたいしたもんだ。もしも男に生まれていたら、立派な商人になっただろう。

——わしが最初から許していれば、娘も孫も苦労しなくてすんだのに……。娘ひとり幸せにできないなんて、わしは駄目な父親だ。

病の床に就いてからは、さらに己を責めるような泣き言が増えた。祖父は付き添う祖母に用を言いつけて追い払い、一之助に後悔を話し続ける。そして死ぬ間際まで、「いまの話は内緒だぞ」と念を押すことを忘れなかった。

父や世間の大人は、「白井屋太兵衛はすごい商人だ」と口を揃える。けれど、一之助の知る祖父はただの愚痴っぽい年寄りだ。祖母や人前では強がるけれど、孫の前では後悔ばかり並べていた。

どんなに金が儲かっても、祖父ちゃんは幸せじゃなかったのかな。祖母ちゃんやおとっつぁんじゃなく、どうしておいらに愚痴をこぼすんだろう。

死んだ祖父の気持ちはわからないが、「誰にも言わない」と約束したのだ。一生黙っているつもりだったのに、父にうっかりしゃべってしまった。

あの世の祖父は裏切られたと、自分を恨んでいるだろうか。

筆墨問屋白井屋の大番頭は、御年《おんとし》六十五の善吉だ。

先々代の頃から奉公している忠義者で、歳のわりに頭もしっかりしている。

しかし、見た目は歳相応だし、去年から耳も遠くなった。いまでは手代や小僧の言葉を二度も三度も聞き返す。

奉公人はそれでもいいが、客の言葉を何度も聞き返しては具合が悪い。主人の太一郎は十分な金を与えて暇を取らせようとしたけれど、善吉は承知しなかった。「老いたりと言えど、まだ働けます」と、居座る構えを崩さない。

とはいえ、先代の死から四年が過ぎ、もはや大番頭とは名ばかりである。主人としての自信を深めた太一郎は善吉を穏便に遠ざけるべく、「一之助に筆と墨について教えてくれ」と頼み込んだ。

その結果、十三の一之助は年寄りの手ほどきを受けることになったのだが、

「このように比べると一目瞭然でございます。松煙墨は磨《す》り口が光っておらず、油煙墨は磨り口が光っておりますから……」

両手に墨を持った善吉は、不意に言葉を詰まらせる。

本人が言う通り墨の磨り口に光を当てれば、左右で光り具合に違いがある。一之助はそれが

わかったけれど、目の衰えた年寄りはよくわからないのだろう。しきりと白い眉をひそめるので、助け舟を出してやる。

「うん、善吉の右手にある墨が光って見える。そっちが油煙墨だから、左手にあるのが松煙墨だね」

「は、はい、そうでございます。次は墨を磨り、さまざまな筆を使って書き比べと参りましょう。穂の毛が違うものをいろいろ持ってまいりました」

文机の上には二つの硯が用意され、その脇には大小十本ほどの筆が並んでいる。善吉は両手の墨をそれぞれ硯の上に置き、次いで筆を手に取った。

しかし、またもやよく見えないのか、目を眇《すが》めて穂の手触りを確かめている。一之助は墨を磨りながら、腹の中でため息をつく。

おとっつぁんが善吉を店から遠ざけようとするわけだ。これじゃ、お客を不安にさせてしまうもの。

さすがに筆の大小はわかっても、穂に使われる動物の毛はいろいろある。中には二種類の毛を混ぜたものもあり、区別するのは大変だ。かつての大番頭は筆の目利きだったと聞くが、いまでは見る影もない。

目がちゃんと見えなくなったら、穂の毛の見分けなんてつくもんか。善吉だって無理だとわかっているだろうに、どうして働きたがるんだろう。老い先短いんだから、楽をして暮らせばいいじゃないか。

十三の一之助は「老いる」という言葉は知っていても、実感としてわからない。

ほどなく墨を磨り終えて、手前の穂が白い筆を執る。墨を含ませると、腰はあるが柔らかかった。羊毛か玉（猫）毛あたりだろう。

さて、今日は何を書いてみようか。試しに「白井屋」と書いたところ、善吉はうれしそうに目を細めた。

「おや、坊ちゃんはなかなか達筆でいらっしゃる。それに比べて、先代は悪筆でございました」

「へぇ、そうなのかい」

一応聞き返したものの、その話は何度も聞いている。

だが、ここで下手なことを言えば、話が余計長くなる。一之助のお愛想に善吉は笑顔でうなずいた。

「はい、先代の筆跡《て》を見た新参の奉公人はみなびっくりしたものでございます。商い上手の口説き上手、何でも器用にこなす白井屋太兵衛が子供のような金釘流《かなくぎりゅう》だなんて、誰も思いませんからねぇ」

その後は祖父の悪筆にまつわる話を次々に披露されるのだ。

筆墨問屋の主人が悪筆だなんて、確かに恰好が悪い。祖父も恥じていたようで、父はさんざん書の稽古をさせられたと言っていた。

一之助も幼い頃から何度も稽古をしたおかげで、「歳のわりに達者な字を書く」と言われている。父からも「うちの血筋じゃ、おまえが一番達筆だ」とほめられていた。

筆と墨を扱う名うての商人、白井屋太兵衛が実は悪筆――その意外さは認めるけれど、一度聞けば十分である。いつも同じ話を繰り返して、善吉は飽きたりしないのか。

それとも、前に話したことをすっかり忘れてしまうのか。一之助がひそかに危ぶんでいると、善吉が表情を引き締める。

「ですが、近頃はよく思うのです。先代はわざと悪筆を装っていらっしゃったのではないかと」

おや、これは初めて聞く話だぞと、一之助は目を瞠る。「どういうことだい」と問い返せば、善吉は得意げに胸を張った。

「先代は他人より多く儲けておりましたが、あこぎな真似は一切せず、恩を受けたら必ず返しておりました。その義理堅いお人柄に男はもちろん、女も惚れ込んだのでございます」

「……うん」

「ですが、どれほどきれいな商いをしようと、金は天下の回り物。白井屋に集った金は他人の蔵から飛び出したものでございます。また評判のいい人物に必ずケチをつけたがるへそ曲がりも少なくございません。先代はそれを承知で欠点をひけらかし、あえて他人から馬鹿にされていたのでございましょう」

「それは……考えすぎじゃないかなぁ」

下手に異を唱えれば、話がますます長くなる。

だが、自分が知る限り、祖父は自らの悪筆を恥じていた。このまま聞き流して、相手の思い込みがより強くなるのも心配である。

恐々《こわごわ》言い返してみたところ、善吉はにっこり微笑んだ。

「世間知らずの坊ちゃんがそう思うのも当然でございます。ですが、他人の妬《ねた》み嫉《そね》みというのは、本当に恐ろしいものなのです。手前も白井屋の番頭になってから、知り合いや奉公人仲間に妬まれて、どれほど嫌な思いをしたことか」

そこからは善吉の身の上話になってしまい、一之助は顔を引きつらせる。

自分がこの年寄りから教わるのは、筆と墨のことではなかったのか。それでも黙って聞き続けていると、善吉が咳払いした。

「さようなわけでございますから、先代のご苦労はいかばかりであったことか。きっと周囲の恨みを溜《た》めないように、悪筆のふりをなすっていたのでございます」

「そ、そう」

相手の勢いに押し負けて、一之助は顎を引く。

楽しげに語る善吉の目は、いつになく光り輝いている。老いにかすむその目には、若かりし日の祖父の姿が映っているのかもしれない。

「坊ちゃんには先代の血が流れております。立派な商人になれるよう、手前が仕込んで差し上げますから」

「う、うん、よろしく頼むよ」

この先何年生きる気だと、一之助は不安になる。

だが、年寄りにそういうことを言ってはいけないのだ。

善吉は殊勝な返事に満足したのか、ようやく筆の説明に戻る。

これまた何度も聞いた教えに根気よくうなずいていたら、満足したらしい相手の口から締めの言葉が飛び出した。

「坊ちゃん、筆と墨というのは先人の知恵の賜物《たまもの》でございます。この二つをなくして人の世は成り立ちません」

「人の知恵はすべて筆と墨によって受け継がれてきたからだろう」

一刻も早く終わらせたくて、相手の台詞を奪ってしまう。すると、善吉はかすかに眉を上げた。

「その通りでございますが、それだけではありません。悩みや苦しみを書くことで人の心は救われるのです」

書くだけで悩みが消えるわけではないが、文字として吐き出すことで楽になると善吉は言う。

そういうものかと思いつつ、一之助は首を傾げた。

「悩み事があるのなら、誰かに相談したほうがいいんじゃないの」

筆を握ってひとりで思い悩むより、役に立つ助言をもらえるだろう――一之助の考えに善吉は首を左右に振った。

「人に言えない悩みだから、紙に書くのでございます。人に言えるような悩みは、たいした悩みではございません」

「…………」

「長く生きておりますと、死んでも口に出せない悩みを抱える日が参ります。そんなときは書き記すことで、多少なりとも救われるのです。坊ちゃんも大人になればおわかりになるでしょう」

意味ありげにうそぶく口元は、笑みの形を作っている。

しかし、浮かべている表情は笑顔とは呼べない不気味なものだ。一之助は猫背で愚痴をこぼしていた祖父のことを思い出した。

祖父ちゃんは後悔ばかりしゃべっていたけど、本当の悩みは最後まで口にしなかったのかな。だとしたら、祖父の悩みは何だったのか。そして、祖父より長く生きた善吉はどんな悩みを抱えているのだろう。

一之助は知らず身震いした。

二

桜が散った頃、叔母のお秀が娘のお美代を連れて白井屋の離れにやってきた。祖母が「一之助の単衣を仕立ててくれ」と叔母に頼んだからである。

「あら、ずいぶん背が伸びたじゃないか。去年の単衣は腰上げをすべてほどいても、着丈が足りないかもしれないね」

寸法を測る叔母の声を聞きながら、一之助はうれしくなった。

他人より背が伸びなくて気に病んでいたけれど、去年から今年にかけて急に背が伸び出した。この調子で大きくなれば、父より大きくなるのも夢ではない。

「お秀叔母さん、今年の着物は大きめに作っておくれ。一年で二寸（約六センチ）は伸びるから」

子供の着物はすぐに大きくなるのを見越し、現在の寸法より大きめに仕立てて腰上げや肩上げで調整する。鼻息荒く注文すると、祖母が渋い顔をした。

「あまり大きく仕立てると、見た目がだらしなくなっちまうよ。お秀、ほどほどでいいからね」

すかさず横やりを入れられて、一之助はむっとする。祖母に言い返そうとしたら、先にお秀が口を開いた。

「でも、おっかさん。この子の言うことももっともだよ。一年で着られなくなってしまったら、さすがにもったいないじゃないか」

「貧乏くさいことを言いなさんな。一之助は白井屋の跡取りだよ。小さくなったら、また誂えればいいだけさ」

祖母は一之助の言い分より、見た目のほうが大事らしい。鼻を鳴らして言い返し、今度はお秀が眉を上げた。

「ふん、貧乏くさくて悪かったわね。あたしが白井屋の娘だったときは、『ものを大事にしろ』とさんざん言っていたくせに」

「それとこれとは話が別だよ」

昔のことを持ち出され、祖母は鼻の付け根にしわを寄せる。そして、口ごたえする娘を睨んだ。

「たとえ親子の仲であろうと、あたしは客だ。あんたも職人の端くれなら、客の言う通りにすべきじゃないか」

「金を出すのはおっかさんでも、着物を着るのは一之助でしょう。着る本人の思いを蔑ろにするのはおかしいわよ」

よく似た顔立ちの母と娘がいい歳をして言い争う。

どちらの言い分もそれなりに筋は通っているが、お秀にしたって当の一之助はそっちのけだ。

途方に暮れてお美代を見れば、年上の従姉は肩をすくめた。

「お祖母ちゃんとおっかさんの口喧嘩はいつものことさ。言うだけ言えば収まるし、あたしたちは饅頭でも食べていようよ」

お美代はかけらも動じることなく、勝手に饅頭を食べ始める。そのふてぶてしい態度に呆れつつ、一之助も饅頭を手に取った。

お秀とお美代は深川の裏長屋で暮らしている。祖母は祖父が生きている頃から隠れて二人の住まいに通い、何かと手助けしていたそうだ。

これも「喧嘩するほど仲がいい」ってやつなのかね。おとっつぁんが叔母さんを祖父ちゃんの一周忌に招くと決めたときだって、おおっぴらに喜んだのは祖母ちゃんだけだったもの。

それでも、母と娘の言い争いはなかなか終わりそうもない。一之助もお美代に倣《なら》って饅頭を口に放り込んだ。

四年前、父は祖父の死に目に間に合うよう叔母を呼びよせはしたものの、葬式が終わってしまえば、法事に招いたりしなくなった。それが変わったきっかけは、一之助が父にしゃべったことらしい。

――おとっつぁんがお秀のことで後悔していたのなら、今後は身内として法事に呼ぶべきだろう。おっかさんだっていい歳だ。いつどうなってもおかしくない。

父の考えに祖母は諸手《もろて》を上げて喜んだが、母は不満そうだった。大番頭の善吉ですら渋い顔をしていたけれど、一之助はうれしかった。

祖父の話に出てきた意地っ張りな叔母と、祖父も顔を見たことがないという二つ上の従姉は果たしてどんな人なのか。

そして一周忌がすんだ後で、叔母と従姉に引き合わされたが、

――へえ、あんたがあたしの従弟《いとこ》かい。いいものを食べているはずなのに、ずいぶん小さいんだね。

お美代はいきなりそう言い放ち、一之助と母を唖然《あぜん》とさせた。叔母は慌てて娘を窘めていたけれど、ほとんど耳に入らなかった。

当時十二歳のお美代は女のくせに大柄で、十歳の一之助より大きかった。

それでも、自分は男である。まして「いいものを食べているはずなのに」と馬鹿にされて、受け入れられるはずがない。

貧乏人の分際で生意気を言うな――と怒鳴り返してやりたかったが、声が喉に詰まってしまう。そんな自分が情けなくて、一之助はその場から逃げ出した。

その翌日、お美代がひとりで白井屋まで来たのである。

――昨日は「小さい」なんて言って悪かったよ。あたしはよく考えずに思ったことを言っちまうんだ。

出会い頭に謝られたことよりも、従姉がひとりでここまで来たことに一之助はびっくりした。

お美代が住む深川は、白井屋のある日本橋から遠く離れている。間に大川を挟んでいるし、十二の女の子が気軽に歩ける距離ではない。

まして、お美代は昨日初めて白井屋に来たはずである。

よく無事にたどり着けたものだと感心したとき、従姉の着物のあちこちが汚れていることに気が付いた。昨日も同じ着物だったが、ここまで汚れていなかった。

ここに来る途中で転んだか、他人にぶつかったのだろう。それでも引き返そうとせず、わざわざ謝りに来てくれたのだ。

おいらなんて町内の手習い所にもひとりで行かせてもらえないのに。お美代ちゃんはすごいんだな。

口は悪いがたいしたものだと、一之助は従姉を見直した。

自分が悪いと思ったら、迷惑をかけた相手に謝る。

それは誰もが知っていながら、なかなか実行できないことだ。一之助自身、何だかんだと言い訳して先送りした挙句、「いまさら謝っても仕方がない」となかったことにしがちである。お美代だって「白井屋は遠いから」「次に顔を合わせたとき、謝ればいい」と先送りすることもできただろう。

だが、己の過ちから逃げることなく、翌日ひとりで歩いてきた。一之助は笑顔で許してやった。

――謝ってくれたから、もう怒ってないよ。ひとりでここまで来るなんて、お美代ちゃんは勇気があるね。

――勇気なんて上等なもんじゃないよ。あたしはおっかさんの娘だから、思いついたらじっとしていられないんだ。

謙遜ではなく、本気でそう思っているのだろう。カラカラと笑うお美代を見て、一之助は心の底から納得した。さすがは親の反対を押し切って駆け落ちした叔母のひとり娘である。

以来、一之助はお美代と親しくなり、三年が過ぎた。男勝りのお美代も十五になって、見た目はそこそこかわいらしい。去年からは料理屋で働いていると聞いていた。

でも、大口を開けて饅頭を三つも食べているようじゃ、当分嫁には行けないね。叔母さんも頭が痛いだろう。

見た目は多少変わっても、中身はちっとも変わっていない。

相変わらずの従姉を見てひそかに安心していると、祖母と叔母の言い争いはようやく決着がついたようだ。今日は祖母が折れたようで、「仕方ないね」とため息をつく。

「そこまで言うなら、あんたに任せるとしようじゃないか。ところで、お美代。若い娘がいくつ饅頭を食べる気だい」

四つ目の饅頭を手に取ったのを窘められて、お美代は頬をふくらます。

「こんなにたくさんあるんだし、いくつ食べてもいいじゃないの。あたしはここで出される饅頭が好きなんだよ」

お美代によれば、ここの饅頭は「餡《あん》に砂糖をたくさん使っていて、貧乏人はめったに食べられない品」らしい。

「一之助は明日も食べられるけど、あたしは今度いつ食べられるかわからないんだ。いま食べなくてどうするのさ」

「だからって、若い娘が人前で際限なく食べるんじゃないよ。少しは恥じらいってものを持ったらどうなんだい」

身も蓋もない言い分に、叔母が顔をしかめて額を押さえる。お美代は笑いながら手を振った。

「人前と言ったって、ここには身内の女子供しかいないじゃないか。あたしだって男の前では一応猫をかぶるわよ」

どうやら、自分はお美代にとって男ではなく子供らしい。

薄々わかっていたことを改めて思い知らされて、一之助はちょっと傷ついた。


「今日はあの娘も来たんでしょう。一体どんな話をしたの」

一之助が母屋に戻ると、母のお真紀が目を怒らせて寄ってくる。

母は祖母に呼ばれない限り、離れに足を踏み入れない。毎度のことではあるけれど、一之助はうんざりしながら口を開いた。

「別に話なんてしていないよ。祖母ちゃんと叔母さんがあたしの着物の仕立てのことで言い争っている間中、お美代は饅頭を食べていたから」

「そんなことを言って、実は言い寄られたんじゃないのかい。あの子はもう十五だし、駆け落ちしたお秀さんの娘だもの」

母は最初から叔母とお美代を嫌っていたが、去年の半ばあたりからお美代を毛嫌いするようになった。どうやら「お美代が一之助を誑かし、白井屋を我が物にしようと狙っている」と思い込んでいるらしい。

とはいえ、ここまではっきりと言葉にされたことはない。一之助は眉をひそめて、「それはないよ」と言い切った。

「お美代は血のつながった従姉だよ。下心なんてあるもんか」

おとなしい息子の反論に母も思うところがあったのだろう。その場は引き下がってくれた。

しかし、夜になって親子三人が揃ったところで、いきなり話を蒸し返された。

「一之助の着物を誂えるためなら、お美代まで連れてこなくてもいいでしょう。お秀さんはお美代を使って一之助を誑かし、生まれ育った白井屋を我が物にするつもりなんですよ」

しつこい母の妄想に一之助は頭が痛くなる。この際、父の目の前で決着をつけるべきだろう。

「だから、そんなことはないってさっきも言ったじゃないか。お美代が叔母さんについて来たのは、離れの饅頭が好きだからだよ。あたしに会いに来たわけじゃない」

「そうやってむきになるところが怪しいのさ。おまえは手習い所で一緒だった女の子を軒並み嫌っていたくせに、お美代とは仲がいいからね」

じろりと横目で睨まれて、一之助は息を呑む。だが、すぐに気を取り直して首を横に振った。

「そんなの当たり前だろう。従姉と仲がよくて何が悪いのさ」

「ほら、そうやって親に口ごたえをする。お美代がここに出入りするまで、もっと聞き分けがよかったのに」

悔しげに歯ぎしりする母を見て、一之助の胸がしんと冷える。昔は母の言う通り、口ごたえなんてしなかった。

力んで言い返してみたところで、どうせわかってもらえない。言うだけ無駄だと思っていたから、おとなしくうなずいていただけだ。

だが、相手のことなどお構いなしに思ったことを言うお美代を見て、「言うだけ言ってみよう」と思い始めた。

それは母にとって「お美代のせい」かもしれないが、自分にとっては「お美代のおかげ」だ。

気まずい沈黙が流れたとき、ようやく父が口を開く。

「お美代はおっかさんに会いにきたんだろう。お真紀もそれくらいで、いちいち目くじらを立てるんじゃない」

「そう見せかけているだけで、実のところはわかりませんよ。おっかさんだって、お美代には甘いもの」

頑《かたく》なに言い張る妻に手を焼いて、父は一之助に目を向けた。

「たとえお美代にその気があっても、一之助は誑かされたりするもんか。そうだろう?」

「おとっつぁん、急に何を言い出すんです」

にわかに雲行きがおかしくなり、一之助はうろたえる。父は意味ありげにニヤリと笑った。

「おまえは前に言ったじゃないか。釣り合わない相手を好きになって、親を困らせたりしないって」

覚えのある台詞を父から言われ、一之助はその前後のやり取りも思い出した。

あのときは、祖父ちゃんがお秀叔母さんのことで後悔していたと打ち明けて……その前に古着屋のお景のことでおとっつぁんにからかわれて、「釣り合わない相手を好きにならない」と言ったんだっけ。

いまさら言われるまでもなく、その思いは変わっていない。

とはいえ、ここで母に告げ口しなくてもいいだろう。一之助は恨みがましく父を見たが、父は構わず話を続ける。

「それにお美代は二つも上だ。一之助が一人前になったとき、向こうはとっくに年増《としま》じゃないか」

「だから、いまのうちに一之助を誑かそうと」

「十三で女に血迷ったところで、長続きなんてしやしないさ。一之助が嫁をもらう頃には目も覚めるだろう」

身も蓋もない父の説明に、母は納得したらしい。一之助は母だけでなく、父も苦手になりそうだった。

三

季節の変わり目は体調を崩しやすい。

四月の衣替えを終えてすぐ、善吉が寝込んでしまった。

「我ながら情けないことでございます。今日は坊ちゃんに墨の作り方についてお教えするはずだったのに」

善吉は咳込みながら、悔しそうに訴える。一之助は身を起こそうとする年寄りを止め、額に濡《ぬ》れ手ぬぐいを置いてやった。

「そんなの気にしなくていい。離れの祖母ちゃんもこのところ元気がないし、無理せずしっかり休んでおくれ」

むしろ、こっちは聞き飽きた昔話を聞かなくてすんでありがたい。笑顔で励ましてやったのに、なぜか悲しげな顔をされた。

「ひとりだけ休んでいるのは、落ち着かないものでございます。特に年を取ってからはろくでもないことばかり考えて……坊ちゃんさえよろしければ、話し相手をお願いできますか」

病人にそんなことを言われたら、仕事のない身は嫌だと言えない。一之助は仕方なくうなずいた。

「少しだけだよ。ちゃんと寝ないと良くならないからね」

諭すように付け加えれば、善吉が苦笑する。そして、ぽつりと呟いた。

「別に良くならなくとも、構いませんのです。早くあの世に逝けるなら、それが一番という気も致します」

六十五まで生きられれば、歳に不足はないだろう。

しかし、善吉の口からそんな弱音が出てくるとは思わなかった。一之助は驚いて、病人の顔をのぞき込む。

「さては、よほど具合が悪いんだね。おとっつぁんに頼んで、本道のお医者を呼んでもらおうか」

「いえ、本当にたいしたことはございません。ただ、こうやって横になっていると、死んだ知り合いの顔ばかり思い出されて……手前の兄もすべて死にました。甥や姪は生きているはずですが、いまはどうしているのやら」

善吉の親は江戸近在の百姓で、四人兄弟の四男として生を受けたという。

母は遅くに生まれた末っ子をかわいがってくれたけれど、三人の兄たちからは邪魔者扱いされたとか。

「兄たちはみな年子で生まれ、母に構ってもらえなかったようです。末っ子というだけで甘やかされる弟が妬ましかったのでございましょう。母のいないところでは頻繁に手を上げられて、つらい思いをいたしました。白井屋の奉公も手前ではなく、三男の兄が来るはずだったのです」

百姓の家に男手は欠かせないが、善吉の家の田畑は狭かった。長男と次男を家に残し、十二の三男が名主《なぬし》の口利きで奉公に出ることになっていた。

だが、善吉はそれを知って震え上がった。自分が生まれるまで末っ子だった三男は、兄たちの中で一番やさしかったからだ。

「三兄ちゃんがいなくなったら、ますますいじめられると思い込み、八つの手前は名主様に『おいらが奉公に行く』と泣きながら頼みました。そんな手前を白井屋の先々代が憐れんでくだすったのでございます」

——八つの子なら、うちの太兵衛とは二つ違いだ。一緒に手習いに行き、太兵衛の面倒を見てやってくれ。

その頃の白井屋は浅草にあり、奉公人もいまよりはるかに少なかったという。「十歳に満たない小僧は手前だけでしたから、特別扱いが許されたのでしょう」と、善吉は懐かしそうに微笑んだ。

坊ちゃんの遊び相手とはいえ、一番下っ端の奉公人だ。

ここでもいじめられたらどうしようと怯《おび》えていたが、幸い当時の奉公人は気のいい人ばかりだった。小僧の成長を気長に待ってくれたので、善吉は必死に働いたという。

「『渡る世間に鬼はなし』とは、まさしくこのことでしょう。その代わり手前が番頭になったとき、三男の兄からはさんざん文句を言われました。本当なら自分が白井屋の番頭になっていたはずだと」

「ええ、それは違うんじゃないかな」

もし十二の三男が奉公すれば、普通の小僧と同じように扱われていただろう。祖父と一緒に手習いに行き、遊び相手を務めることはなかったはずだ。白井屋に奉公をしたところで、善吉と同じ道を歩めたとは思えない。

「手前もそう思います。ですが、人は己を買いかぶるものです。弟ができるなら自分もできると、世の兄たちは思うようでございまして」

「へえ、そういうものなのか」

兄弟のいない一之助には、よくわからない理屈である。知らず首を傾げれば、善吉が目元を和らげる。

「そんな具合でございますから、親が死ぬと実家とは疎遠になりました。八つで奉公を始めてからずっと白井屋が手前の住処《すみか》でございます。縁談を世話しようと先代に言われたときも、他のところに住みたくなくて断ってしまいました」

しみじみとした呟きに、善吉が暇を取らない理由がわかった気がした。ここは何十年もかけて築きあげたこの男の居場所なのだ。

ひとりで納得していたら、年寄りは話し疲れたらしい。いつの間にか小さな寝息を立てていた。


梅雨の雨は百姓にとって恵みの雨でも、大工や棒手振《ぼてふ》りにとっては迷惑極まりないものだ。年寄りにも過ごしづらい時季らしく、大番頭の善吉はいまだに寝込むことが多い。

今日もせっかくの五月晴れにもかかわらず、横になっていると奉公人に教えられ、一之助は見舞ってやることにした。

「善吉、具合はどうだい。饅頭を持ってきてやったよ」

「お気持ちはありがたいのですが、腰が痛くていけません。一日も早く先代が手前を迎えにきてくださるといいのですが……」

このひと月ですっかり気弱になったようで、目尻に涙まで浮かべている。一之助は強いて笑みを浮かべ、「縁起でもないことを」と手を握った。

「そんなことを言っていると、ますます具合が悪くなるよ。『病は気から』と言うじゃないか」

「ですが、何のお役にも立てず……」

「長年役に立ったから、好きなだけ寝ていていいんだよ」

ただでさえ湿気《しけ》っぽい時季なのに、年寄りの泣き言を聞くのはつらい。一之助は善吉を励ますと、饅頭を置いて部屋を出た。

白井屋は店の裏に蔵があり、住み込みの奉公人は蔵と母屋の間に建てられた奉公人部屋で寝起きをしている。一之助が母屋に戻ろうと草履を履いたとき、手代の佐吉が辺りをうかがいながら小走りでやってきた。

「佐吉、こんな時分にどうしたのさ」

声をかければ、手代はひどくうろたえる。一之助はかつて手習い所の子供を怯えさせた佐吉の強面をじっと見た。

「仕事中に奉公人部屋へ来るなんて、具合でも悪いのかい」

そう尋ねてしまうほど相手の顔色は悪かった。一之助がそばに寄ると、佐吉は勢いよく首を横に振る。

「い、いえ、大丈夫です。すぐ店に戻りますので」

だが、答える声は震えているし、とても大丈夫そうには見えない。一之助は手代の手を引いて奉公人の棟に戻った。

「無理をしないで、早く休んだほうがいいよ。着物も寝巻に着替えないと」

「坊ちゃん、手前は大丈夫です。どうか放っておいてください」

「そうはいかないよ。ほら、早く着替えて」

せっかくの親切を断られ、一之助はむっとする。帯を強引にほどいたとたん、佐吉の懐から音を立てて重そうな財布が転がり落ちた。

「女ものの財布じゃないか。一体どうしたのさ」

赤い刺し子の巾着は、男の手代のものとは思えない。驚いて大きな声を上げれば、佐吉は着物の前がはだけたまま膝をつく。

「こ、これは通りすがりに拾ったもので……あとで自身番に届けに行くつもりでございました」

相手の言葉を聞き流し、一之助は素早く財布を拾った。

「三両も入っているじゃないか。どうしてすぐに届けなかったんだい」

手代の言い分が本当なら、財布の落とし主はさぞ困っているだろう。非難がましい目で見られ、佐吉は気まずそうに目を伏せる。

「その、手前は遣いの途中でしたから……寄り道をしてはいけないと思いまして」

しどろもどろの言い訳に一之助は目を眇める。この様子では拾った財布を猫糞《ねこばば》するつもりだったに違いない。

白井屋の跡取りとしてここは何と言うべきか。顔をしかめている間に、騒ぎを聞きつけた大番頭がやってきた。

「坊ちゃん、後は手前に任せて母屋にお戻りくださいまし」

さっきまで寝込んでいた年寄りは寝巻姿のまま凜《りん》として立っている。その剣幕に佐吉はうなだれ、一之助は財布を差し出した。

そして、今度こそ母屋に戻ろうと歩き出し、勝手口にいる人物を見て驚いた。

「どうして勘太がうちにいるのさ」

「そんなの青物を運んできたからに決まっているじゃねぇか。一之助は相変わらず察しが悪いなぁ」

空の背負い籠を右手で掲げ、勘太はわざとらしく呆れてみせる。聞けば、手習いをやめた二年前から青物を届けているという。

「白井屋ほどの大店だと、意外と会えないもんだよな。ところで、何かあったのか。さっき大きな声がしたけど」

どうやら、自分の上げた声がここまで聞こえたようである。

佐吉のことは大番頭に任せたものの、奉公人の不始末は白井屋の恥になる。一之助は「何でもないよ」とごまかしてから、「茶店に行こう」と勘太を誘った。

「久しぶりに会えたんだもの。お茶と団子をおごってやるよ」

「そこまで言うなら仕方ねぇ。おごられてやるよ」

二人は裏木戸から往来に出て、表通りに面した茶店の床几に座る。互いの近況や他の筆子のことを話していたら、聞き覚えのある声がした。

「一之助じゃないか。こんなところで何をしているのさ」

ギョッとして顔を上げれば、お美代がすぐそばに立っている。一之助は慌てて立ち上がった。

「そっちこそ、何でこんなところにいるんだよ」

「あたしは奉公先の女将《おかみ》さんに頼まれて届け物をした帰りだよ。白井屋のそばまで来たから、顔を出そうかと思ったんだけど」

お美代は早口でそう言って、勘太に向かって微笑みかける。とたんに、勘太の顔は真っ赤に染まった。

「一之助も隅に置けねぇな。この娘はおめぇの知り合いか」

肘で脇腹をつつかれて、一之助は口ごもる。

お美代は叔母に似て器量よしだ。うりざね顔の叔母と丸顔の父は似ていないから、一之助の従姉だなんて勘太は思っていないだろう。

奉公を始めて多少は身なりに気を遣うようになったけれど、お美代は袖口の擦り切れた木綿の単衣を着ている。帯だって古い半幅《はんはば》だし、履いている下駄《げた》は歯がすりへってしまっていた。

ここで従姉だと教えれば、男のくせにおしゃべりな勘太のことだ。「白井屋の主人は妹の子に貧しい暮らしをさせている」と、すぐに噂になるだろう。勢い、叔母が駆け落ちしたことも蒸し返される。

　一之助は迷った挙句、「奉公人の娘だよ」と嘘をついた。

　察しのいいお美代のことだ。きっとこちらの事情を汲《く》んで、話を合わせてくれるだろう。そう思いつつ従姉の顔をうかがえば、お美代は一瞬目を瞠り、すぐに何食わぬ顔でうなずいた。

「ええ、うちのおっかさんが白井屋で女中をしていた縁で、何かとお世話になっているんです」

「へぇ、そうなんだ。俺はそこの青物屋の倅で勘太ってんだ。ねえさんの名は何て言うのさ」

「あたしは美代って言うんです。勘太さん、一之助坊ちゃんのことをこれからもよろしくお願いしますね」

　お美代は愛想よくそう言うと、軽く頭を下げて歩き出す。その足の向かう先は白井屋とは違う方角だった。

　いま「そばまで来たから顔を出す」と言ったのに、寄らずに戻ってしまうのか。家に帰ってから、嘘をついた言い訳をお美代にするつもりだったのに。

　だが、勘太の見ている前では何も言えない。一之助は下唇を嚙みしめて、遠ざかる背を見送った。

四

家に戻った一之助は母屋の部屋で頭を抱えた。

お美代は話を合わせてくれたが、きっと怒っているだろう。次に顔を合わせたときに言い訳を聞いてくれるだろうか。

こんなことなら、茶店になんて行くんじゃなかった。嘘をつくにしても、せめて「おとっつぁんの知り合いの娘」にしておけば……。

男勝りのお美代はさっぱりした気性である。

それでも、年下の従弟に「奉公人の娘」と言われたら、面白くないに決まっている。

ここは一刻も早く謝るべきだが、お美代の住まいと奉公先は深川だ。近所の茶店ならいざ知らず、世間知らずの一之助が勝手に行ける場所ではない。

女のお美代は十二のときにひとりで謝りに来てくれたのに。あたしは十三になっても、できないんだね。

父からは「白井屋を背負えるようになれ」と、いつも言われている。近頃は背も伸びて、大人に近づいたつもりでいた。

だが、実際は十二の女の子にすらかなわない。ひとり打ちのめされていたら、夜になって父から佐吉のことを教えられた。

「おまえが気付いてくれてよかったよ。いくら落とし物でも、奉公人が三両も猫糞したんじゃ店の信用にかかわるからね」

佐吉は大番頭からこっぴどく叱られた末、自ら財布と金を自身番に届けたという。大事にならなくてよかったと、一之助は胸を撫で下ろした。

「ところで、大番頭さんの具合はどうなった？」

「ああ、寝込んでいる場合じゃないと思ったのか、明日からまた働くと言っているよ。まったく、妙な具合になったもんだ」

父は苦笑しているが、さすがは大番頭というところか。一之助が感心していると、母が「そんなことより」と割って入る。

「実はお美代にいい縁談があるんだよ。おまえさんからお秀さんに勧めてもらえないかしら」

上機嫌で語る母を見て、一之助は言葉をなくす。ややして「縁談なんて早すぎる」と文句を言えば、「何言ってんだい」と笑われた。

「年が明けたら、お美代は十六になるんだよ。十六、七の嫁入りは世間でざらにあることだ。嫁《い》き遅れるよりいいじゃないか」

そんなふうに言われれば、十三の子供は言い返せない。途方に暮れて父を見れば、父が代わって母に尋ねる。

「相手は誰だ」

「野田屋に出入りしている若い畳職人で、芳三《よしぞう》さんという人です」

「歳はいくつだ」

「二十二だから、お美代より七つ上だね」

そこで父の眉間にしわが寄った。

「歳が離れすぎだろう」

「七つくらいどうってことありません。芳三さんは若いわりに腕がよくて、稼ぎもいいんですって。お美代がしっかりした相手と所帯を持てば、お秀さんも肩の荷が下りるでしょう」

「それはそうだが……」

すっかりその気の母に父は渋い顔をする。それでも「駄目だ」とは言わないので、一之助は黙っていられなくなった。

「叔母さんは『好きな人と一緒になれ』ってお美代に言っていたはずだ。頼まれてもいないのに縁談を世話するなんて、それこそ大きなお世話だよ」

「そりゃ、お秀さんは自分が駆け落ちした手前、娘にはそう言うしかないさ。でも、本音はしっかりした相手と早く所帯を持ってほしいに決まっている。母親なら自分と同じ苦労を娘にはさせたくないはずだもの」

その言葉を聞いたとき、一之助の耳に祖父のかすれ声がよみがえった。

──わしが最初から許していれば、娘も孫も苦労しなくてすんだのに……。娘ひとり幸せにできないなんて、わしは駄目な父親だ。

祖父は誰もが認める立派な商人でありながら、幼かった一之助には幸せそうに見えなかった。叔母はいまも貧しい暮らしをしているが、不幸の影を感じない。娘のお美代だって大店の跡取りの自分よりいつも明るく強《したた》かだ。

だが、母にそう言ったところで、恐らく納得しないだろう。貧乏は何よりも不幸で憐れだと思っている人だから。

おとっつぁん、ここはビシッと断ってよ。おっかさんの勧める相手なんて、お美代に似合うはずがない。

縋る思いで目を向ければ、父は険しい顔のまま「まず、おっかさんの許しを得ろ」と母に言った。

「身内と言っても、俺たちはここ三年ほどの付き合いだ。おっかさんは生まれたときからお美代のことを知っている。おっかさんが認めるなら、おまえの好きなようにすればいい」

厄介事の嫌いな父は祖母にお鉢を回すことにしたようだ。姑が苦手な母は一瞬眉をひそめたものの、「わかりました」とうなずいた。

「義母さんだって今度ばかりはあたしに賛成してくれますよ。自分の目の黒いうちに孫の花嫁姿が見たいっていてよく言っていますから」

自信たっぷりにうそぶかれ、一之助はギクリとする。

来年六十になる祖母は、叔母の祝言を挙げてやれなかったことをきっと悔やんでいるだろう。代わりにお美代の花嫁姿を見たいと思っていても不思議はない。

犬猿の仲の嫁姑が今度ばかりは手を組むのか。

そんな思いに取りつかれ、その晩は一睡もできなかった。

翌日、母が離れに行くのを見て、一之助もこっそり後を追う。

梅雨らしい曇り空の下、木の陰から盗み聞きをしようと試みたが、離れの障子が閉まっていて中の声は聞こえない。やむなく障子のそばまで近づくと、目の前の障子がいきなり開き、中にいる祖母と目が合った。

まずいと思った次の瞬間、開いたばかりの障子が勢いよく閉められる。続いて、祖母の聞こえよがしな声がした。

「雨が降り出したかと思ったけれど、まだのようだね。ええと、それで何だっけ」

「ですから、お美代の縁談です。義母さんはこの話の何が気に入らないとおっしゃるんです」

何が何だかわからないが、祖母は一之助を見逃してくれたらしい。とぼける祖母の声に続き、母の甲高い声がした。

「お美代の嫁入りを見届けないうちは死んでも死に切れないって、前からおっしゃっていたでしょう。それなのにどうして反対なさるんです」

「お気遣いはありがたいけど、あたしは当分死なないよ。お美代を焦って嫁入りさせなくても大丈夫さ」

「でも……」

「話を聞く限り、確かにいい相手だよ。酒は飲まない、博打《ばくち》もしない。手に職のある真面目な働き者で、面倒な親戚もいないって言うんだから。でも、そういう四角四面で面白みのない男と跳ねっ返りのお美代がうまくやれるとは思えなくてね」

ため息混じりの祖母の声に一之助は大きくうなずく。遊び人の男は論外だが、堅いだけの男をお美代は好きにならないだろう。

しかし、母の意見は違うようで、「いいえ」と大きな声がした。

「跳ねっ返りだからこそ、真面目一途な男と一緒になったほうがいいんです。でないと、お美代はこの先も何を仕出かすかわかりゃしません」

「お真紀の言い分もわかるけどね」

「お秀さんだって、お美代は白井屋の主人の姪として嫁に出したいと言っていたじゃありませんか。白井屋の身内が遊び人や悪党と一緒になったら、困るのはこっちなんですよ」

どうやら母は放っておくと、お美代がろくでもない男に惚れると決めつけているようだ。この間まで一之助を誑かし、白井屋を我が物にしようとしていると声高に言い募っていたくせに。

一之助が呆れていると、祖母は「それはないよ」と言い返した。

「お美代は生まれたときからの貧乏暮らしで、しっかり者に育ったからね。箱入り娘で恋に溺れたお秀とは違うさ」

「だったら、きっと芳三さんを気に入ります」

「真面目な働き者だからかい？　あたしの言っているのは、そういうことじゃない。あの子は男に頼らなくても生きていけると言ってんだよ」

女がいい暮らしをしたければ、稼ぎのいい男と一緒になるのが一番だ。

しかし、お美代は貧乏暮らしに慣れている。「稼ぎのいい相手を望んでいない」と祖母は言った。

「乳母日傘《おんばひがさ》で育ったあんたやあたしより、お美代ははるかに強かだ。金に困って身を誤ることも、男に騙されることもありゃしないよ」

一之助もその通りだと思ったが、母は面白くないらしい。不機嫌を隠さず言い返す。

「でも、病になったらどうします」

「幸いなことに、お美代はずっと病知らずだよ」

「だとしても、この先はどうなるかわかりません。お秀さんもこれから年を取るんだもの。一之助の代になってから、母子で頼られても困ります」

母はその後も思いつくまま文句を言い、足音も荒々しく離れから出ていった。一之助がほっと息をつくと、障子が開いて祖母に呼ばれる。

「隠れていないで出ておいで。あんたのおっかさんはもういないから」

一之助は渋々立ち上がり、草履を脱いで離れに上がった。

「白井屋の跡取りが盗み聞きだなんて、みっともない真似をしなさんな。多少背丈が大きくなっても、中身はまだまだ子供だね」

呆れたように言われれば、こっちは言い返すこともできない。おとなしく「ごめんなさい」と頭を下げた。

「おっかさんに黙っていてくれて、ありがとう」

母に盗み聞きを知られたら、何を言われていたことか。一之助が礼を言うと、祖母はこれ見よがしにため息をつく。

「心配しなくとも、お真紀の持ってきた縁談をお美代に勧めたりするもんか。あたしはこれから出かけるから、あんたはもう戻っていいよ」

聞けば、祖母は深川八幡門前《ふかがわはちまんもんぜん》の寄席に行くという。一之助は渡りに船と手を打って喜んだ。

「だったら、あたしも連れていっておくれよ。お美代に会いに行きたいんだ」

そうすれば、昨日のことを謝れる。一之助は祖母に事情を打ち明けたが、なぜか首を横に振られた。

「お美代に謝ってどうするのさ。今度知り合いに会ったとき、あの子を自分の従姉だと紹介するつもりかい」

思いがけない問い返しに一之助はうろたえる。そんなことをすれば、後々面倒なことになるだろう。

「一之助が嘘をついた気持ちはわかるし、お美代だって察している。わざわざ謝りに行くまでもないさ」

だとしても、早めに謝っておきたいと言えば、「どうして」とさらに問い詰められた。

「あんたとお美代は従姉弟《いとこ》だが、暮らしも違えば、立場も違う。この先ずっと、お美代が従姉以外の何かになることはないんだよ」

じっと目を見て釘を刺され、一之助はハッとする。祖母にも母と似たような危惧を抱かれていたようだ。

「……そんなの、言われなくともわかってるよ」

一之助は吐き捨てて、縁側から外に駆け出した。見上げれば、いまにも泣き出しそうな暗い空がどこまでも続いている。

こんな天気に出かけるなんて、祖母もご苦労なことである。「あたしは行かなくてすんで助かった」と、わざと声に出してみた。

自分は筆墨問屋白井屋の跡取りだ。

五代目主人として店を守っていかねばならない。

お美代のように何物にもとらわれず、好き勝手には生きられない。それがわかっていたからこそ、自由な従姉に憧れたけど……。

——長く生きておりますと、死んでも口に出せない悩みを抱える日が参ります。そんなときは書き記すことで、多少なりとも救われるのです。坊ちゃんも大人になればおわかりになるでしょう。

ふと善吉の声が聞こえた気がした。

第六話　誰にも負けない

お秀の長女　お美代

一

子供は誰しも「もっとやさしい親がよかった」「金持ちの家に生まれていれば」と、勝手な夢を見るものだ。

ましてて、お美代の母のお秀は大店の娘だったという。祖母もお美代と顔を合わせるたびに「おまえのおっかさんが駆け落ちなんてしなければ……」と大仰に嘆いていたのだから、愚かな子供が「いまの暮らしは間違いだ。もっといい暮らしができたはずだ」と思っても無理のない話だろう。

浮世絵師だったというお美代の父は、四つのときに亡くなった。

母は仕立物をして娘を育ててくれたけれど、住まいは吹けば飛ぶようなオンボロ長屋で、食事のお菜はろくなものがない。近所の悪ガキ連中からは「父《てて》なし子」と嘲笑《あざわら》われることもしょっちゅうで、おとなしい女の子なら毎日泣き暮らしていたはずだ。

しかし、お美代は誰よりも負けん気が強かった。

いまはこんな暮らしをしていても、自分は大商人、白井屋太兵衛の孫である。どこの馬の骨とも知れない貧乏人とは違うのだ。

そんな誇りに支えられ、自分を見下す連中に真っ向から勝負を挑んだ。幸い歳のわりに大柄で、男の子と取っ組み合っても決して引けを取らなかった。

――おまえなんて女じゃねぇ。

――お美代じゃなくて、美代太郎だ。

悪ガキ連の負け惜しみを気分よく聞いているうちに、女だてらに近所の子らの親分株に成り上がった。

そして、祖母から内緒でもらった小遣いを母にそっくり巻き上げられそうになったとき、「おっかさんが駆け落ちしたせいで、あたしは苦労しているのに」と文句を言い、呆れ顔の母に諭された。

自分が駆け落ちしなければ、おまえはこの世にいないのだと。

――だって、あんたはおっかさんと文吉さんの子だもの。おとっつぁんが違えば、生まれる子だって違うだろう。

その言葉を聞いた刹那、頭を殴られた気になった。

自分は本来、金持ちの子だったはず――それがお美代の拠《よ》り所だったのに、思い違いだったのか。自分を支えるつっかえ棒が音を立てて折れた刹那、母は「あんたがいるだけで幸せだ」

と言ってくれた。お美代も「あたしだっておっかさんがいればいい」と返したけれど、どこか割り切れない思いが残った。

あたしがいれば幸せだって、おっかさんは本気で思っているの？　実は、あたしなんていないほうがいいと思っているんじゃないのかな。

父が死んだとき、母は二十三だった。幼い娘さえいなければ、実家に帰ってやり直すこともできたのではなかろうか。

そんな疑いが胸に張り付き、心の臓が苦しくなる。誰かに「そんなことないよ」と言ってほしくて、仲良しのお民に会いに行った。

だが、お民の父である杉次郎が営む屋台のそばに幼馴染みはいなかった。聞けば、「昨日の晩飯が悪かったのか、腹を下して寝ている」と言う。

やむなく踵《きびす》を返しかけたら、杉次郎に蕎麦を差し出された。

――お民じゃなくてすまねぇが、俺でもよけりゃ話を聞くぞ。

初めは話す気なんてなかったのに、蕎麦をすすっているうちに洗いざらいしゃべってしまった。杉次郎は「なるほどな」と呟いて、お美代の頭に手を載せた。

――お美代ちゃんは歳のわりに敏《さと》いから、いろいろ考えてしまうんだろう。だが、おっかさんは嘘なんてつきゃいねぇ。俺だってお民がいるから、貧乏でも幸せだ。親なんてそんなもんだ。

普段無口な人の言葉は、実の母に言われるよりも素直に呑み込むことができた。杉次郎がお民をかわいがっていることを知っていたせいもあるだろう。

おじさんがそう言うなら、きっとそうだ――お美代は納得して、丼の汁を飲み干したが、

――ごちそうさま。でも、今日の汁はいつもよりおいしくないよ。ほんの少し塩気が足らないみたい。

御馳走になっておきながら、売り物にケチをつけたのだ。普通なら「子供が生意気を言うな」と叱られるところである。

だが、杉次郎は顔色を変えて味見をすると、驚いたようにお美代を見た。

――お美代ちゃんの言う通りだな。味にしまりがねぇ。

いまにして思えば、杉次郎も具合が悪くて味覚がおかしくなっていたのだろう。それでも言い訳めいたことを言わず、生意気な子供をほめてくれた。

――お美代ちゃんはいい舌をしているな。そいつを活《い》かせば、腕利きの料理人になれるかもしれないぞ。

初めて「舌」をほめられて、お美代は目を丸くした。

自分が料理について何か言うたび、母からは「黙って食べなさい」と叱られた。「おっかさんが高いものばかり食べさせるから、子供のくせに舌が驕《おご》っている」と何度言われたことだろう。自分に甘い祖母ですら、もらった土産の味に注文をつけると鼻の付け根にしわを寄せてい

た。

食べ物の味に文句を言って、大人にほめられたのは初めてだ。それを杉次郎に伝えたところ、「おっかさんたちの気持ちもわかるが、お美代ちゃんの舌は宝物だぞ」と笑われた。

――頭や手足より、目、鼻、耳、舌を鍛えることのほうが難しい。お美代ちゃんは生まれながらに、味のわかる上等な舌を持っている。この世の料理人なら誰だって、お美代ちゃんをうらやむだろう。

向こうにすれば、何気なく告げた励ましだ。

しかし、弱気になっていたお美代には何よりもありがたい言葉だった。たちまちその気になってしまい、「ここの味見番になってあげる」と杉次郎に申し出た。

そのときから、幼馴染みの父親は特別な人になったのだ。

現在のお美代の奉公先は、深川八幡門前の料理屋「なか乃《の》」である。

江戸でも指折りの岡場所《おかばしょ》にして辰巳《たつみ》芸者が闊歩《かっぽ》するこの界隈は、多くの料理屋が軒を並べている。なか乃はその中でも、料理のうまさと男の奉公人がいないことで知られていた。

酒を出す料理屋は、酔客の喧嘩や揉め事と縁が切れない。どこでも睨みの利く男衆や板前を抱えているものなのに、どうして男がいないのか。

それは蔵前の札差、野中屋《のなかや》の主人が妾にやらせている店だからだ。悋気の強い野中屋修五《しゅうご》は妾のそばに男を置くことを嫌がって、下足番から料理人まで女で揃えたのだという。とはいえ場所柄、客は男ばかりである。揉め事が起きたときの用心に十手持《じっても》ちが目を光らせているそうだが、なか乃の客はおとなしかった。

まれに芸者や仲居が絡まれても、他の客が間に入ってくれる。どうやら、「女しかいない店で暴れるのは野暮ってもんだ」と客が心得ているらしい。おかげで、お美代も安心して働いている。

もっとも、そういう店じゃなかったら、おっかさんがあたしを奉公させたりしないけどね。杉次郎さんもいい店を紹介してくれたよ。

梅雨が明けた六月四日の昼下がり、板場の下働きのお美代は井戸端にしゃがみ込み、せっせと青菜を洗っていた。

この店で使う青物は寺島村《てらじまむら》や小梅村《こうめむら》から採れたてを舟で運んでくるため、みずみずしさは抜群だ。さっと茹《ゆ》でて胡麻和《ごまあ》えにしたら、さぞ歯ごたえがいいだろう。

それとも胡麻油で炒《いた》めて、醤油《しょうゆ》と鷹《たか》の爪で味付けたほうがいいかもしれない。近頃は暑くなってきたから、ピリッとしたものが好まれる――などとあれこれ考えたって、下働きは自ら料理を作るどころか、包丁を握ることも許されない。仕事は野菜を洗い、器を洗い、鍋釜を洗うことばかりである。お美代は額の汗を拭《ぬぐ》い、しゃがんだまま頭上の空を見上げた。

去年の夏から奉公を始めて一年が経つ。

いまでは仕事にも慣れたけれど、最初の半年はつらかった。

特に冬の井戸端は歯の付け根が合わなくなるほど冷え込むし、水は氷のようだった。両手のあかぎれは日増しにひどくなっていき、見かねた母は「辞めてもいいよ」とお美代に言った。

——あんたが稼がなくとも、母子二人で食べてはいける。杉次郎さんの口利きだからって、無理をしなくていいからね。

お美代がなか乃で働くことになったのは、杉次郎に屋台の手伝いを断られたことがきっかけだ。十一のときから遊び半分で続けて三年、「そろそろちゃんとした店で仕事をしろ」と言われてしまった。

——お美代ちゃんだってもう十四だろう。見た目は一人前なのに、雀の涙のお駄賃で働かせるのは外聞が悪い。だからと言って、まともな給金を出せるほどうちは儲かってないんだよ。

そんなふうに言われては、もう「味見番」として居座れない。お美代は杉次郎の勧めに従い、なか乃で下働きを始めたのだ。

父親のいないお美代にとって、杉次郎は憧れの父親だった。それが憧れの男になったのは、一体いつからだったのか。恐らく、向こうはそれも察していたのだろう。

別に幼馴染みの父親と、どうこうなりたいわけではない。

ただ杉次郎のそばにいたくて、屋台の手伝いを続けてきた。

お民ちゃんは「近頃また客が減った」と嘆いていたけど、大丈夫なのかしら。おじさんは黙って無理をするから心配だよ。

屋台の手伝いはやめても、お民との付き合いは続いている。母のお秀がお民に裁縫を教えており、稽古のたびに顔を合わせるのだ。

だが、そのせいで杉次郎の屋台に立ち寄る口実が見つからない。どうしたものかと思ったとき、頭上から厳しい声が降ってきた。

「お美代、洗い終わった菜にどうして泥が付いてんのさ」

振り向けば、料理人であるお里《さと》が目を怒らせている。その手には濡れた青菜が握られていた。

「ほら、ここのところをよくご覧。泥が残っているじゃないか。こんなものを客に出したら、それこそ『なか乃』の名に泥を塗るよ」

相手の指の先をよく見れば、葉と葉の重なった根本のすき間に泥がほんの少しついている。

お美代は慌てて立ち上がり、「すみません」と頭を下げた。

「ここにあるのは全部洗い直しだ。あんたは料理人になりたいんだろう。洗い物だって下ごしらえのうちなんだよ。手抜きは許されないからね」

ごもっともな言い分にお美代は無言でうなだれる。

他人に言われるまでもなく、何事も大雑把だという自覚はあった。

だって、細かいことを気にするのは苦手なんだよ。おっかさんも「些細《ささい》なことは気にするな」って言っているし……。

もっとも、そういう母だから「お秀さんの仕立ては安くて早いが、ちょっと雑だ」と言われるのだろう。奉公を始めて芸者の顔見知りもできたけれど、母に仕立てを頼んでほしいとお願いしたことはない。

でも、立派な料理人になりたければ、大雑把じゃ駄目だよね。いつか、おじさんをびっくりさせるような料理を作ってやるんだから。

お里の作る料理を見て、耳かき半分の塩の違いで味が変わることを知った。お美代は素直に反省して、お里に再度頭を下げた。

「お里さん、すみません。これから気を付けます」

「ああ、しっかり頼んだよ。ところで、手元が留守になっちまうほど、あんたは何を悩んでいたのさ」

鋭い目で問い質されて、お美代はとっさに口ごもる。お里は何を思ったか、たちまち目じりを吊り上げた。

「あんたは若くて器量がいいからね。口では『料理人になりたい』と言いながら、本音は仲居になりたいんじゃないのかい」

「と、とんでもない。そんなことはありません」

お美代はすぐに打ち消すが、お里の表情は変わらない。「本当だね」と念を押されて、お美代は大きくうなずく。

「あたしは客の前に出ないという約束で、下働きになったんです。『仲居になれ』と言われても断ります」

お嬢さん育ちの母にとって、嫁入り前の娘が見知らぬ男に酌をするなどあってはならないことなのだ。迷いなく言い切ると、お里の肩から力が抜けた。

「それを聞いて安心したよ。うちは男の奉公人がいないから、下働きは力仕事も多いだろう。あんたは見かけと違って力があるし、つらい冬を乗り越えられた。このまま頑張ってほしいのさ」

板場には他に女中が二人いて、お里の指図で料理を作っている。下働きのお美代は洗い物の合間に、一斗（十升）樽《だる》を運ぶような力仕事もやらされていた。

かつて悪ガキ連を従えた力自慢のお美代でも、一斗樽はさすがに重い。並みの娘は逃げ出すだろう。

「うちは客筋がいいから、仲居になりたがる女が多くてさ。あんたもその気になったのかと思っちまった」

申し訳なさそうにうつむくお里は母よりも年上だ。えらの張った顔は器量よしとは言い難く、お美代は初めて会ったときに「里芋に似ている」と思ったほどだ。

ところが、武骨な見た目を裏切るような、繊細で極上の味の料理を作る。

最初は女将の顔見たさに鼻の下を伸ばして来る客も、お里の料理を食べると目当てが替わる。

お美代もここの料理を食べて、お里の腕に惚れ込んだ。

「あんたは器用とは言えないが、味の良し悪しはわかるようだ。ここでの仕事がつらくても、急いで嫁に行ったりするんじゃないよ」

そんなの言われるまでもないと、お美代は大きくうなずいた。

二

なか乃は、五のつく日が休みである。

お民はお美代に会うために、その日に裁縫を習いに来る。ただし、掃除や洗濯をすませて来るので、平助店に着く時刻は日によってまちまちだ。六月五日は昼を過ぎてやってきた。

「お秀おばさん、今日もよろしくお願いします」

「お民ちゃん、よく来たね。ほら、お美代もいい加減にシャンとしな。今日はあんたも裁縫の稽古をするんだよ」

母は急ぎの仕事がないらしく、機嫌よくお民を迎える。そして、破れ畳の上で寝ころんでいた娘の足を蹴飛ばした。

「お民ちゃんのほうが後から習い始めたのに、もう袷が縫えるようになったんだ。あんたも怠けてないで、自分の着物くらい縫えるようにならないと」

「別にいいよ。あたしの着物はおっかさんが縫ってくれるじゃないか」

母は祖母に注文されて、お美代の着物を仕立ててくれるようになった。

しかし、貧乏人の多くは安い古着を手に入れて、寸法直しをするだけだ。お美代だって裾上げや裾下ろしはできる。一から袷を縫えなくたって困らないと胸を張れば、母は嘆かわしいと言いたげに眉をひそめる。

「あんたのおとっつぁんが亡くなった後、あたしたち母子が生きてこられたのは裁縫ができたおかげじゃないか。『芸は身を助ける』って言うだろう」

女がまっとうに金を稼ぐ手立ては限られる。女中のような住み込み仕事か、小間物売りのような行商がほとんどだ。そのどちらも外で働くことになってしまうので、幼い子を育てながらは難しい。

しかし、裁縫は家でできるため、幼い子をひとりにしなくてすむ。嫁入り修業としてやらされた数多《あまた》の習い事の中で、「裁縫が一番役に立った」と母は言った。

「あんたは料理人になると言うけれど、板前は男ばかりじゃないか。どんなに腕を磨いたところで、料理で身を立てられるとは限らないんだ。あんたのおとっつぁんだって腕は一流だったのに、絵師として芽が出なかったんだよ」

あまり覚えていない父を引き合いに出されれば、重ねて言い返せなくなる。お美代は渋々身を起こし、母から縫いかけの浴衣を受け取った。

「それはあんたのだから、縫い目がおかしくなっても大丈夫さ。どんな仕上がりになったたって、恥をかくのはあんただもの」

「ご心配なく。浴衣くらいちゃんと縫えるわよ」

袷はともかく、単衣の着物はお美代だって縫えるのだ。久しぶりに針を動かしていると、お民が「お美代ちゃんはいいなぁ」と呟いた。

「うちのおとっつぁんなんて、あたしの将来の心配なんてちっともしてくれないもの。娘にはやっぱり女親が必要よね」

「お民ちゃん、それはないものねだりというやつよ。あたしはおとっつぁんがいるお民ちゃんがうらやましいもの」

お民と親しくなってから、このやり取りを何度したかわからない。呆れながら返事をすると、幼馴染みはいつになく暗い表情でうつむいた。

「うるさいうちの娘と違って、お民ちゃんは元気がないね。杉次郎さんと喧嘩でもしたのかい」

母も様子がおかしいと思ったようで、心配そうに問いかける。お民はハッとしたように顔を上げた。

「い、いいえ、そうじゃないんです。ただ屋台の稼ぎが減っているから、あたしもお美代ちゃんみたいに働きに出たほうがいいかしらって……」

お民はそう言うけれど、自分に続いてお民までいなくなれば、ますます屋台の客が離れるだろう。

それにたとえ通いでも、奉公に出れば自由が利かなくなる。いまは父親の手伝いだから、長屋と屋台を行き来して家の仕事もこなせるのだ。

しかし、同い年の自分に諭されたら、相手は面白くないだろう。「当てはあるの」と尋ねると、お民は首を左右に振った。

「居酒屋の手伝いとかは、おとっつぁんが駄目だって。客商売のほうがいいお金をもらえるのに」

幼い頃から父の手伝いをしてきたお民である。

客あしらいは上手だし、見た目だってかわいらしい。すぐ看板娘になれるはずだが、杉次郎はそれが嫌なのだろう。母も「杉次郎さんの言う通りだよ」と鼻の穴をふくらませた。

「おとなしい男だって酒を飲めば人が変わる。お民ちゃんみたいな子が居酒屋にいたら、絡まれるに決まっているじゃないか。うちのお美代だって客の前には出していないんだからね」

「でも、下働きは安い給金でこき使われるだけでしょう」

お民にしてはめずらしく鋭い口調で言い返す。母は一瞬驚いたような顔をしたけれど、すぐに「だからさ」と話を継いだ。

「給金がいいってことは、それだけ厄介なことが多いってことなんだ。お民ちゃんはあと一年も稽古をすれば、裁縫で手間賃をもらえるようになる。おとっつぁんが稼げなくなったわけじゃなし、慌てなくともいいじゃないか」

大店のお嬢さんだった母にすれば、酔客の相手なんてとんでもないことなのだ。しかつめらしく窘められてもお民は納得しなかった。

「おばさんは頼りになる実家があるから、そういうことが言えるんです。あたしはおとっつぁんに何かあっても、頼れる人なんていないんですよ」

むきになって言い返してみたものの、お民はすぐに反省したようだ。顔色を悪くして、両手で口を覆ってしまう。

「すみません、あたしったら生意気なことを……」

「いや、お民ちゃんの立場なら、そう思っても仕方がない。さて、これからは口より手を動かすとしようかね」

母は作り笑いを浮かべ、自分の裁縫に取り掛かる。お美代も居心地の悪さに耐えながら、黙って針を動かした。

夕方になってお民が長屋を出ていくと、母がぽつりと呟いた。

「お民ちゃんは大丈夫かねぇ」

お美代は返事に困った末に、幼馴染みが出ていった腰高障子に目を向けた。

父と母という違いはあれ、どちらも片親だけの貧乏暮らしだ。

おまけに、お民の父は元お武家である。お民が本気で母のいる自分をうらやんでいるとは思わなかった。

でも、うちは確かに恵まれているんだろうね。白井屋の伯父さんは何だかんだ言いながら、おっかさんを気にかけてくれるようになったもの。

祖父の法事に呼ばれるようになってから、自分たちの暮らしは少し上向いた。伯父は「身内があまり貧乏だと体裁が悪い」と考えているようだった。

それでも、お美代にとって白井屋は敷居の高い場所である。

お嬢さん育ちの母はともかく、こっちは生まれたときから貧乏暮らしが沁みついている。従弟の一之助も人前では自分を従姉と認めなかった。

お民ちゃんは「頼れる人がいない」と言ったけど、おじさんは実家から絶縁されているんだろうか。たとえ刀を捨てたって、血のつながった身内なのに……。

幼馴染みの思い詰めたまなざしを思い出し、お美代は妙に胸が騒いだ。


休みが終われば、翌日からまた仕事がある。

冬に比べればマシとはいえ、毎日洗い物だけしているとさすがにうんざりしてしまう。一日中井戸端で前屈《まえかが》みになっているのもつらかった。

六月八日の夜も痛む腰を手で叩きながら、お美代は平助店に戻ってきた。

時刻は夜五ツ（午後八時）を過ぎたところで、店はまだやっている。

だが、客が帰るのを待っていては町木戸が閉まってしまう。通いのお美代はいつも早めに帰してもらっていた。

母は行灯《あんどん》の灯を頼りに、裁縫をしながら娘の帰りを待っている。お美代はその日にあったことを洗いざらい母に話してから、揃って床に就くのである。

いつになったら、あたしは包丁を握れるようになるんだろう。いくら洗い物をしたところで、料理は上達しやしないよ。

店では言えない不満を抱え、自分の家の腰高障子を開け放つ。そして「おっかさん、ただいま」と声を上げ——母の様子に目を瞠った。

いつもは寸暇を惜しんで針を動かしている母がぼんやり壁を見つめている。娘の声も聞こえないのか、こちらを振り向くことさえしない。

お美代は慌てて下駄を脱ぎ捨てた。

「おっかさん、どうしたの？　ひょっとして具合でも悪いのかい」

血相を変えてしがみつくと、母は突然現れた娘に驚いたらしい。何度か瞬きを繰り返し、ようやく「お帰り」と言ってくれた。

「あたしの声が耳に入らなかったなんて……いますぐ横になったほうがいいよ」

母は娘に「無理をするな」と言うくせに、自分は平気で無理をする。お美代が早口で訴えると、母は困ったように苦笑した。

「別に具合は悪くないんだよ。ああ、日暮れ前に杉次郎さんが来て、お民ちゃんはしばらく稽古を休むってさ」

お美代は三日前に会った幼馴染みを思い出す。

あのときから少し様子がおかしかったが、一体何があったのか。母はお民が気がかりでぼんやりしていたのだろうか。怪訝な思いで見つめれば、母は淡々と話を続ける。

「その前におっかさんが久しぶりにここに来て、話し込んでいったんだ」

「さては、お祖母ちゃんとまた喧嘩をしたんだね。いまになって言いすぎたと落ち込んでいたんでしょう」

かつては毎月のように顔を出していた祖母も寄る年波には勝てないらしい。

近頃は足が遠のいていたけれど、いつも喧嘩をするほど仲がいい母子である。仲裁役の自分がいなくて、今日は喧嘩別れに終わったのだろう。ひとり合点していると、母は「違うよ」と頭を振った。

「喧嘩なんてするもんか。おっかさんはお美代の嫁入りのことを案じて来てくれたんだもの」

思いもよらない母の言葉に、お美代は一瞬言葉をなくす。

しかし、すぐさま気を取り直し「冗談じゃない」と目を吊り上げた。

「本人に断りもなく、勝手に話を進めないで。あたしはまだ嫁に行く気なんてこれっぽっちもないんだから」

「そうは言っても、あと半年であんたも十六になるんだよ。花の盛りは短いんだ。あたしもうっかりしていたよ」

祖母が訪ねてきたきっかけは、伯母が先走って縁談を世話しようとしたからだとか。思わぬ人物の登場にお美代は顎を外しかけた。

「よりによって、伯母さんがどうしてそんな真似をするんだい」

伯母はいまでも母と自分を毛嫌いしている。姪の幸せを願い、良縁を世話するとは思えない。口を開きっぱなしでいたら、母は決まり悪そうな顔をした。

「あんたはあたしの娘だからね。ろくでもない男と一緒になられる前に、自分の知り合いとくっつけようとしたんだろう」

「何よ、それ。余計なお世話だよっ」

伯母の勝手な思い込みにお美代は憤る。

そりゃ、おっかさんとおとっつぁんは駆け落ちだけど、おとっつぁんはろくでなしでも、悪党でもないじゃないか。浮世絵師として売れなくて、死ぬまで貧乏だっただけでしょう。

おっかさんだって後家になってから十年以上も独り身を守っているんだ。身持ちの悪い女みたいに言わないで。

その娘の自分だって、奉公先では客の前に出ていない。男にだらしがないと思われるのは、甚《はなは》だ心外である。

「お祖母ちゃんもお祖母ちゃんだよ。その場で断ってくれればいいのに、わざわざ言いに来るなんて」

伯母への怒りが勢い余って祖母にも飛び火してしまう。お美代が声を荒らげると、母は首を横に振る。

「おっかさんは義姉さんにちゃんと断ってくれたんだよ。お美代はしっかりしているから、余計な世話を焼くなって」

「だったら、今日は何しに来たのさ」

一度燃え上がった怒りの炎はすぐには収まらない。お美代がいらいらと問い質せば、さすがに母も眉をひそめる。

「だから、最初に言ったじゃないか。おっかさんはお美代の嫁入りについて己の思いを伝えに来たのさ」

祖母は自分が元気なうちに、お美代を嫁入りさせたかったらしい。

だが、一向に色気づく様子がないので、孫の花嫁姿を見ることは半ばあきらめかけているそうだ。

「おっかさんだって、年が明ければ六十だ。おとっつぁんは五十九で亡くなったから、思うところがあるんだろう。あんたの嫁入り支度に使ってほしいと、お金を置いていってくれたんだよ」

母が祖母からもらう謂《いわ》れのない金を断るようになって数年が経つ。

しかし、今日は断ることができなかったと、どこかつらそうに呟いた。

「娘の花嫁姿を見ることができなかった分も、お美代の花嫁衣裳は立派なものを着させてやりたい。そんなふうに言われたら、こっちは何も言えないじゃないか」

うなだれる母の気持ちもわかるが、母が駆け落ちしたからこそ、自分はこの世にいるのである。お美代は母の背を撫でた。

「お祖母ちゃんは当分死なないから、気に病まなくても大丈夫だよ。いまはちょっと気弱になっているだけで……」

「あたしが気に病んでいるのは、そういうことじゃない。自分がどれほど親不孝をしたか、改めて思い知らされたんだ」

娘を持つ女親なら、誰だって我が子の花嫁姿を夢に見る。

母もお美代が生まれたときから、「娘には立派な花嫁衣裳を着せてやろう」と思っていたそうだ。

「自分の祝言が挙げられなかった分も、娘はちゃんと祝ってやりたいなんて……。おっかさんの思いを踏みにじったことなんて、すっかり忘れていたんだよ。身勝手にもほどがあるじゃないか」

いつも強気な母が目に涙まで浮かべている。お美代は何と言っていいかわからなくて途方に暮れた。

そんなことを言われても、あたしだって困るわよ。お里さんみたいな料理人になるために、当分嫁には行けないのに。

世間では親に言われるまま、嫁ぐ娘も多いだろう。

だが、母は親の反対を押し切って父と一緒になった。そして自分が母となり、「母親の思いを踏みにじった」といまさら泣かれても困ってしまう。

母の親不孝を償うための嫁入りなんてしたくない。

自分だって母のように、思う相手と一緒になりたい。

でも、あたしの惚れた相手があたしに惚れてくれるとは限らないし……お祖母ちゃんにはせいぜい長生きしてもらわなくちゃ。

お美代は縁結びの神様ではなく、健康長寿の神様に心の中で手を合わせた。

三

そもそも、世の母親はなぜ娘を嫁にやりたがるのか。

自分が夫婦円満で幸せに暮らしているならば、そう思って当然だろう。

しかし、お美代の母と祖母は違う。

お祖母ちゃんもおっかさんも亭主のせいでさんざん苦労をしたくせに、どうして娘を嫁に出したがるのさ。あたしはお祖母ちゃんの愚痴を聞き、おっかさんの苦労を見て、嫁入りに憧れなくなったのに。

釈然としない思いを抱き、お美代は今日も井戸端で茄子《なす》を洗う。

六月も半ばを過ぎて、井戸の周りはやぶ蚊が増えた。むき出しの二の腕をかきながら、洗った茄子を笊《ざる》に積み上げる。

それにしても、伯母さんはあたしにどんな縁談を世話してくれたんだろう。

白井屋の主人の姪と言ったって、駆け落ちした妹の娘で父親はいない。縁談相手の親だっていい顔をしないはずだ。

今度祖母に尋ねたら、縁談相手について教えてくれるだろうか。いや、余計なことを聞くと自分の首を絞めることになりかねないと思ったとき、

「あいたっ。今日の茄子は活きがいいや」

うわの空だったお美代の指に茄子のへたの棘《とげ》が刺さる。お里はこの茄子を使ってどんな料理にする気なのか。

いつものようにあれこれ思い描いていたら、お里の右腕の台所女中、お秋《あき》が井戸端にやって

きた。

「お美代、茄子を洗うより唐茄子《とうなす》（カボチャ）を切ってくれないかい。今日のは特に皮が硬くて、あたしじゃ刃が立たないんだ」

「あたしは構いませんけど、お里さんに怒られませんか」

お美代はまだ包丁を握ることを許されていない。立ち上がって問い返せば、相手は人の悪い笑みを浮かべた。

「今日は三のつく日だもの。お里さんはお史《ふみ》を連れて野中屋に出かけたよ」

お史はもうひとりの台所女中である。お美代はそう言われて、今日が二十三日だったことを思い出した。

「二人が戻ってくる前に、下ごしらえをすませておかないといけないんだ。あんたも手伝っておくれ」

「はい」

どうやら鬼の居ぬ間にいろいろやらせてもらえるらしい。お美代は元気よく返事をして、お秋と共に板場に向かった。

「それにしても、お里さんも毎度大変ですね。十日ごとに野中屋で料理を作らないといけないなんて」

「仕方がないよ。あちらの御新造さんやお嬢さんが『お里さんの料理を食べたい』ってんだから」

いまは料理人のお里だが、元は札差野中屋の台所女中だった。

主人や跡取り息子はなか乃で料理を食べられるが、妻や娘は妾の店に来られない。三のつく日が来るたびに、お里が野中屋の台所で料理を作っているのである。

「あたしは御新造さんたちの気持ちがよくわかるよ。あんただってお里さんの料理を食べていたのに、食べられなくなったら嫌だろう」

「それはそうですけど……」

お美代は言葉を濁し、まな板に目を向ける。その上には子供の頭ほどある大きな唐茄子が載っていた。

「これを八つに割ってから、一口大に切っとくれ」

「はい」

ここで初めて握る包丁がうれしくて、お美代は張り切って振り下ろす。勢いよく唐茄子を二つに割ると、お秋が呆れたような目つきになった。

「あんたは細っこい見た目のわりに馬鹿力だね」

「これくらい誰だってできますよ。この包丁はよく切れますから」

お秋だって自分でできるのに、面倒で押し付けただけだろう。相手の魂胆はわかっていたが、お美代は機嫌よく唐茄子を切っていく。

「ところで、この唐茄子をどうするんです」

「やわらかく煮てから潰して、茶巾絞《ちゃきんしぼ》りにするんだよ。その上に冷たい葛餡《くずあん》をかけるのさ」

なるほど、それなら誰が切っても構わないわけだと、お美代はこっそり苦笑する。そして、出来上がった料理を想像して、思わず唾を呑み込んだ。

自分が思いつく唐茄子料理は、煮物かきな粉をまぶした安倍川《あべかわ》くらいである。さすがにお里の作るものは一味違う。

「ずいぶん手間をかけるんですね」

「ここは料理屋だよ。客から高い金を頂くからには、手間のかかる料理を出して当然じゃないか」

お秋の言い分はもっともだが、お里はこういう料理をどこで習い覚えたのか。

いくら舌の肥えた札差でも、普段から家でこんな料理を作らせていたとは思えない。不思議に思って尋ねると、お秋が竈《かまど》に鍋を置いて振り向いた。

「ああ、そうか。あんたはこの店ができたわけを知らないんだね」

「この店は旦那様が女将さんのために用意したんでしょう。女のお里さんが板場を任されたのは、旦那様の悋気のせいですよね」

世間の噂を口にすれば、お秋はニヤニヤ笑いながら「そうじゃないよ」とうそぶいた。

「お里さんは男の板前の代わりに雇われたんじゃない。なか乃はお里さんの料理を出すための店なんだ」

台所女中は主人一家の食事はもちろん、客をもてなす料理も作る。お里の料理を食べた客は「野中屋で出されるものはうまい」と口を揃え、料理目当てで押しかける客が増えたそうだ。

「いくら旦那様が金持ちでも、タダ飯を食べに来る客が大勢いたら困るじゃないか。いっそ、お里さんの料理に金を払ってもらおうと、料理屋を始めることにしたんだよ」

そういうことなら、男の奉公人を雇わないのはなぜなのか。お美代が気色ばんで問い詰めると、お秋が得意げに指を立てる。

「そりゃ、客を集めるための方便さ。女が料理を作っていると知れば、見向きもしない男は多いからね」

いくら野中屋の知り合いがお里の料理をほめたところで、信じない者も多いだろう。そこで「主人が男の奉公人を雇わないほど惚れ込んでいる美人女将の店」として売り込むことにしたらしい。

「そうすりゃ、鼻の下を伸ばした連中が我先にやってくるじゃないか」

「そして、お里さんの料理を食べて納得するってわけですね」

さすがに金持ちはうまいことを考える。お美代はしみじみ感心したが、最初の謎《なぞ》はそのままだ。

「それで、お里さんはどこで料理を習ったんです」

改めて尋ねれば、お秋はどこか言いにくそうに教えてくれた。

野中屋で働く前、お里は板前の亭主と小料理屋をやっていた。旬の食材を使った料理がうまいと評判で、野中屋修五はそこの常連だったそうだ。

ところが、お里の亭主はある日突然いなくなった。残されたお里は店を畳み、野中屋に奉公したと教えられ、お美代は目をぱちくりさせる。

「えっと、お里さんの亭主は婿だったんですか」

「いいや」

だったら、なぜお里を追い出さず、亭主自ら出ていったのか。わけがわからず眉を寄せると、お秋はひとつため息をつく。

「あんたはお里さんがどこで料理を習ったのかって聞いただろう。お里さんの料理の師匠はその亭主だったんだ」

初めは亭主が料理を作り、お里が客の相手をしていた。店が繁盛すると亭主ひとりでは手が足りず、お里も料理をするようになった。そして、わずかな間に亭主をしのぐ腕前になったそうだ。

「あたしはお里さんの手伝いを七年しているけど、あの人は特別だよ。次から次に新しい料理を思いつき、それがとびきりうまいんだもの。板前の亭主はそれを見ているのが耐えられなくなったんだろう」

だが、お里を店から追い出せば、すぐに客が離れてしまう。亭主はそれを承知で自分が出ていったに違いないと、お秋は言った。

要するに、お里は料理の才があったせいで亭主に捨てられたのか。あまりにも皮肉な結末にお美代は身を硬くした。

「あんたも女料理人なんて下手に目指さないほうがいい。女は稼げるようになると、嫁に行きそこなうからね」

恐らくお秋は本心からそう思っているのだろう。親身な口調で諭されて、お美代は口を尖らせた。

「でも、お里さんは料理の腕があったから、亭主に捨てられても困らなかったんです。料理の腕がなかったら、身を売る羽目になっていたかもしれませんよ」

しかも、お里は見目がいいわけでもない。身を売ろうとしたところで、客がついたかわからない。

お美代の失礼な言い分に、今度はお秋が眉を上げた。

「そりゃそうだけど、お里さんが料理上手じゃなかったら、そもそも亭主に捨てられることもなかったんだ」

「だったら、お秋さんはどうしてお里さんの下で七年も料理をしているんです。さっさと嫁に行けばいいでしょう」

二十歳のお史はともかく、お秋はもう二十四だ。料理人になる気がないなら、もたもたしていることはない。思いつくまま口にすれば、お秋が腹立たしげに舌打ちした。

「簡単に言ってくれるじゃないか。嫁入りは女にとって一生を決める一大事だ。誰でもいいわけじゃないんだよ」

聞けば、なか乃に移る前に縁談はあったという。

相手は筆作りの職人で独り立ちしたばかりだが、幼馴染みで気心は知れている。それでも、あと一歩踏ん切りがつかなかったとか。

「あたしは札差で奉公をしていたからさ。旦那様やお客の姿を見ているうちに、目が肥えちまったんだよ。若い職人なら着物に金なんてかけられないとわかっていても、何だか相手がみすぼらしくてね」

お里についてきたのも、客に見初められることをひそかに期待したからだという。柄にもなく夢見がちなことを言う相手に、お美代は頭が痛くなった。

「それなら台所女中より、仲居になったほうがいいですよ」

「仲居は器量よし揃いじゃないか。客があたしの作る料理を気に入って、座敷に呼んでくれないかと思ったんだよ」

お秋も話しているうちに恥ずかしくなってきたのだろう。頬を染めてお美代を睨む。

「自分でも馬鹿なことをしたと思っているから、あんたに話しているんじゃないか。料理のことばかり考えていると、お里さんの二の舞になりかねないよ」

以前のお美代なら「望むところです」と言い返しただろう。だが、母と祖母の願いを知って、いまは迷いが生じていた。自分が独り身を通したら、二人をがっかりさせてしまう。

あたしの幸せって何だろう。

稼ぎのいい男と一緒になることなの？

お美代は竈の火を見つめ、考え込んだ。

四

「お民ちゃん、やっと来てくれたんだね。ひと月も裁縫の稽古を休むなんて、一体何があったのさ」

七月五日の朝四ツ（午前十時）前、お美代はひと月ぶりに姿を見せた幼馴染みに飛びついた。母は杉次郎から「しばらく休む」と聞いただけで、休む理由は聞いていない。お美代は気になっていたものの、お互いもう子供ではない。こっちから押しかけても迷惑だろうと、来るのを待っていたのである。

今日のお民は顔色もよく、肉付きも前と変わらない。

だが、表情は妙に硬く、恰好がいつもと違う。杉次郎の屋台は儲かっていないはずなのに、新しい単衣に更紗《さらさ》の帯を締めていた。

着物は自分で縫ったとしても、異国渡りの更紗は貧乏人の手が届くようなものではない。しかも裁縫の稽古に来たはずなのに、針箱を持っていなかった。

どういうことだと眉を寄せれば、お民が神妙に頭を下げる。

「心配をかけてごめんなさい。実はこのひと月ほど、おっかさんのところへ行っていたの」

「えっ」

お民の母と言えば、夫と幼い娘を捨てて男と逃げた性悪だろう。お美代は泡を食って問い質した。

「十年前に出ていったきり、音沙汰はなかったんでしょう。いまごろになって、どうしてそんなことになったのよ」

「おとっつぁんの留守中におっかさんが訪ねてきて、あたしが知らなかったことを詳しく教えてくれたのよ。あたしはこれからおっかさんと暮らすことにしたわ」

お美代はうつむきがちに告げる相手を信じられない思いで見つめる。更紗の帯は母親に買ってもらったのか。

だからって、男手ひとつで育ててくれたおとっつぁんを見捨てるなんてひどいじゃないか。あたしはお民ちゃんを見損なったよ。

お民はことあるごとに、「おっかさんがいてうらやましい」と言っていた。年頃になって男親に言いにくいことも増えただろう。

だが、目先の金に目がくらみ、自分を捨てた母親に取り入るなんて何を考えているんだか。杉次郎がひとり娘を大事にしていたことは、誰よりもよく知っている。お美代が「この恩知らず」と罵ろうとしたとき、ひと息早く母が言った。

「それは杉次郎さんも納得ずくのことなのかい」

母も身勝手なお民に腹を立てているらしい。険しい表情をうかべていたが、お民はまるで悪びれない。

「もちろんです。おとっつぁんはあたしを騙していたんだもの。文句なんて言えません」

「おや、そいつは聞き捨てならないね。騙していたってどういうことさ」

「おっかさんは貧乏が嫌で、男と逃げたんじゃなかったんです。あたしの命を救うために身を売って、おとっつぁんに追い出されたんです」

信じられない話に驚き、母とお美代は目を瞠る。

気を取り直して詳しく聞けば、お民は五つのときに高熱を出し、死にかけたことがあったらしい。

当時、杉次郎は屋台の蕎麦屋を始めたばかりで、金になりそうなものをすべて手放した後だった。お民の母の珠江《たまえ》は好色な金貸しに身を売って、娘を医者に診せてくれたそうだ。

「おっかさんのおかげであたしは助かりましたけど、おとっつぁんは許せなかったんでしょう。毎日つらく当たられて、おっかさんは家を飛び出したんです」

いまは金貸しの妾として池之端《いけのはた》で暮らしていると告げられて、母の眉間にしわが寄る。さては、珠江に同情したのだろうか。

「あたしはおっかさんに捨てられたと思っていました。でも、あたしが生きていられるのは、おっかさんのおかげなんです」

お民は力んで訴えるが、お美代はにわかに信じ難い。

仮にその話が本当でも、珠江が娘を置いて家を出たのは事実である。杉次郎はその後の十年間、娘をひとりで育ててきたのだ。

「その話が本当なのか、おとっつぁんには確かめたの？　お民ちゃんのおっかさんが都合よく話を捻《ね》じ曲げたかもしれないよ」

お美代は料理屋で奉公しているうちに、男と女の裏に詳しくなった。

元は武家の妻だとしても、いまは金貸しの妾である。知り合いの芸者たちも「身を売る女の身の上話は眉唾だよ」と言っていた。

一方、お民は疑われて癪だったのか、さも不愉快そうに顎を突き出す。

「もちろんよ。おっかさんが来たその日の晩に、おとっつぁんを問い詰めたわ」

すると、杉次郎は「医者代を工面したのは母親だ」と認めたものの、その後の言い分は食い違ったそうだ。

「おっかさんはおとっつぁんの目を盗んで、その後も身売りを続けたんだって。仲違いしたのはそのせいだと言っていたわ」

「ほら、やっぱりだ。お民ちゃんのおっかさんは嘘をついていたじゃないか」

我が子の命を助けるための一度限りの身売りなら、杉次郎も妻を責めたりしなかっただろう。しかし、それに味を占めて繰り返すようになってしまえば、黙っていられるはずがない。悪いのは珠江のほうである。

さらに金貸しの妾として暮らしながら、いまのいままで貧しい我が子を気遣うことはなかったのだ。「どの面下げて」と吐き捨てれば、お民にじろりと睨まれる。

「でも、おっかさんが身を売らなければ、あたしは死んでいたんだよ」

「だからって、その後も続けることはないでしょう」

「おっかさんが身売りを続けたのは、あたしに滋養のあるものを食べさせたかったからよ。それなのにおとっつぁんから責められて、出ていく羽目になったんだわ」

「だったら、その後も金貸しにもらった金を届けに来ればいいじゃないか。いままで音沙汰がなかったくせに、調子がいいにもほどがある」

お美代が杉次郎の肩を持てば、お民は実の母をかばう。

互いに睨み合っていると、見かねた母が口を挟んだ。

「どっちの言い分もわかるけど、お民ちゃんは本気でおっかさんと暮らす気かい。おっかさんは妾をしているんだろう」

妾宅には当然旦那がやってきて、男女の交わりだってあるだろう。母は「年頃の娘を呼び寄せるなんて気が知れない」と顔をしかめた。

「もし金貸しがお民ちゃんを気に入ったら、どうするのさ。おっかさんはあんたを守ってくれるのかい」

母の案じていることを知り、お美代は内心青ざめる。妾によく似た若い娘がいたら、その気になられてもおかしくない。

しかし、お民は動じることなく、「大丈夫です」と言い切った。

「あたしは旦那様の養女になるんです。旦那様も約束してくれました」

金貸しの妻は昨年亡くなり、珠江は後添いになることになっていたそうだ。

しかし、跡取りと親戚の反対で妻にはなれず、代わりに「娘を養女にしてほしい」と金貸しに掛け合ってくれたらしい。

「日陰の身のまま終わるなら、せめて娘と暮らしたい。旦那様はそんなおっかさんの気持ちを汲んでくださったんです」

「そして、お民ちゃんは旦那様に会い、気に入ってもらったと言うんだね」

ため息混じりの母にお民がうなずき、お美代はますます不安になる。

たとえ養女になったところで、主人と血のつながりのない妾の子が歓迎されるとは思えない。杉次郎はなぜもっと反対しないのか。

「おっかさんはあたしを置いていったことをずっと後悔していたんです。旦那様の養女になれば、貧乏暮らしと縁が切れる。金持ちに嫁いだら自分のような苦労をしなくてすむからと、旦那様に頼んでくれたんです」

お民は熱心に言い募り、しきりと帯に手を触れる。異国渡りの更紗はよほど手触りがいいのだろう。

「おとっつぁんもあたしが養女になれると知ったら、納得してくれました。屋台の蕎麦屋の娘じゃ、ろくな嫁入り先なんてありませんから」

嘲るように言い放たれて、お美代は再びカッとなる。さんざん世話になっておきながら、娘を思う父の心に娘が付け込むなんてあんまりだ。

「お民ちゃんは自分さえよければそれでいいの？　看板娘がいなくなったら、おじさんの屋台にますます客が来なくなるわよ」

お美代の頭の中には、二人で屋台を手伝った楽しい思い出が山ほどある。

あまりにも大きな声を出して永代橋の上から冷やかされたり、強引な客引きをして杉次郎に怒られたり……。大川を渡って吹きつける風に震えながら、売れ残りの蕎麦を仲良くすすったこともあった。

杉次郎とお民は母の次に大事な人たちだ。考え直してほしかったが、お民は冷ややかにお美代を見返す。

「お美代ちゃんはこのままおとっつぁんのそばにいて、一生貧乏しろって言いたいの？　おっかさんが罪滅ぼしに手を差し伸べてくれたのに」

敵意すら感じられる声を聞き、お美代は知らず息を呑む。それでも、かすれる声を絞り出した。

「だ、だって、お金はなくともいままでは……」

「ええ、いままでずっと貧乏だった。この先も貧乏なんて真っ平よ。あたしは幸せになりたいの」

お民の剣幕に気圧《けお》されて、お美代は何も言えなくなる。

いままで貧しくとも楽しく暮らしてきたつもりだった。お民もそうだと思っていたのに、こっちの勘違いだったのか。

「あたしが養女になれば、おとっつぁんだってまとまったお金をもらえることになっているの。誰にとってもこれが一番いいのよ」

迷いのない目で言い切られ、母は「わかったよ」とうなずいた。

「杉次郎さんが承知なら、あたしらがとやかく言うことじゃない」

「おっかさん、でも……」

お美代はうろたえて母を見たが、続く言葉が出てこない。お民はほっとしたような笑みを浮かべた。

「おばさんとお美代ちゃんには本当にお世話になりました。裁縫の稽古を途中でやめることになってすみません」

「そんなことは気にしなくていいから、達者で暮らすんだよ」

母の別れの言葉にお民はうなずき、お美代のほうへ向きなおる。

「お美代ちゃんも元気でね。たまには、おとっつぁんの屋台に足を運んでやってちょうだい」

お民は言いたいことだけ言って、平助店を出ていってしまう。やるせない気持ちで腰高障子を見つめていると、母は怒りもあらわに吐き捨てた。

「何だい、更紗の帯くらいでのぼせちまって。お美代、あの子とはもう付き合うんじゃないよ」

お民をかわいがっていたくせに、母はあっさり見切りをつけたらしい。

しかし、お美代にとっては一番の仲良しだ。恨みがましい目を向ければ、母は「仕方ないだろう」と肩をすくめた。

「若い娘があぁいう顔をしているときは、何を言っても無駄ってもんだ。あの子は貧乏暮らしに嫌気が差して、贅沢がしたいんだもの。男が何の見返りもなく、女に贅沢をさせるはずがないのにさ」

それについては耳年増《みみどしま》のお美代も同じ思いだ。頼みのお民の母親もあまり当てにはならないだろう。

すんなり後添いになっていたら、お民ちゃんを迎えようとはしなかったはずだもの。妾を続けることになったから、娘を引き取ったに決まっているよ。

お民の母なら、自分の母とさほど歳は変わるまい。どんな美人も年を取れば、男の気を引けなくなる。

金貸しの養女になるとお民は言ったが、果たしてその通りになるだろうか。また運よく養女になって嫁いだところで、きっと苦労するだろう。

金のない苦労もあれば、金があるからこその苦労もある。母は金持ちに嫁ぐ苦労を嫌い、貧しい父と一緒になった。

幼馴染みの今後を思い、お美代は大きなため息をつく。

「おっかさんの言い分はわかるけど、おじさんには一度話をしてみたほうがいいんじゃないの」

お民が望む未来は得られそうもないと教えれば、杉次郎は有無を言わさず娘を引き止めるに違いない。

しかし、母は首を横に振った。

「杉次郎さんはすべて承知で、お民ちゃんをあきらめたのさ」

「えっ」

「たかが帯一本で『おっかさんのほうがいい』と言われたら、さすがに愛想も尽きるだろう」

「でも……」

「親は神でも仏でもない。我が子をかわいがった分だけ、許せないこともあるんだよ。その証拠に、白井屋のおとっつぁんだって死ぬまであたしを許さなかった」

どこか投げやりな口ぶりにお美代は凍り付く。杉次郎は何があっても娘を守ると思っていたのに。

母に言ったことはないけれど、お美代は祖父を誇りに思う反面、ずっと恨みにも思っていた。祖父が母の恋を許していれば、こんな苦労はしなかった。白井屋太兵衛の孫として貧乏を知らずにいられたはずだ。

しかし、孫かわいさに娘を許した祖母と違い、祖父は一度もお美代に会おうとしなかった。その祖父と同じと思ったとたん、杉次郎への憧れが瞬く間に色褪せる。

男なんて己の思い通りにならなければ、妻や娘を捨てる薄情者だ。どんな男と所帯を持っても不幸になるだけだろう。

おっかさんたちには悪いけど、あたしは嫁入りなんて一生しない。男よりうまいものを作る料理人になってみせるわ。

もちろん、女の料理人が大変なのは覚悟の上だ。

それでも、自分は子供のときから男に負けたりしなかった。
これからだって負けるもんかと、お美代は固く心に誓った。

初出
第一話　誰に似たのか「週刊朝日」二〇二一年九月十七日号～二〇二一年十月八日号
第二話　誰のおかげで「週刊朝日」二〇二三年三月十日号～二〇二三年三月三十一日号
第三話以降は書下ろしです。

装画　瀬知エリカ
装丁　大岡喜直
（next door design）
図版　谷口正孝

中島　要（なかじま・かなめ）
早稲田大学卒業。二〇〇八年に「素見」で小説宝石新人賞を受賞。一〇年に『刀圭』でデビュー。一八年に「着物始末暦」シリーズで第七回歴史時代作家クラブ賞シリーズ賞を受賞。著書に『かりんとう侍』『うき世櫛』『御徒の女』『酒が仇と思えども』『神奈川宿　雷屋』『吉原と外』、「大江戸少女カゲキ団」シリーズなどがある。

誰《だれ》に似《に》たのか　筆墨《ひつぼく》問屋《どいや》白井屋《しらいや》の人々《ひとびと》

二〇二三年四月三〇日　第一刷発行

著　者　中島　要
発行者　宇都宮健太朗
発行所　朝日新聞出版
〒一〇四-八〇一一　東京都中央区築地五-三-二
電話　〇三-五五四一-八八三二（編集）
〇三-五五四〇-七七九三（販売）
印刷製本　図書印刷株式会社

ISBN978-4-02-251898-9
定価はカバーに表示してあります。
落丁・乱丁の場合は弊社業務部（電話〇三-五五四〇-七八〇〇）へご連絡ください。
送料弊社負担にてお取り替えいたします。